千年繁华

京都的街巷人生

［日］ 寿岳章子 著

［日］ 泽田重隆 绘

李芷姗 译

生活·讀書·新知 三联书店

KYOTO MACHINAKA NO KURASHI
Text by JUGAKU Akiko
Illustrations by SAWADA Shigetaka
Copyright © 1992 TANAKA Hiroshi/FUSHIKIDA Yoshiko
All rights reserved.
Originally published in Japan by SOSHISHA CO., LTD., Tokyo.
Chinese (in simplified character only) translation rights arranged with
SOSHISHA CO., LTD., Japan
through THE SAKAI AGENCY and BEIJING INTERNATIONAL RIGHTS AGENCY CO., LTD.
本书译文经台湾城邦文化事业股份有限公司马可孛罗文化事业部授权。

图书在版编目（CIP）数据

千年繁华：京都的街巷人生 ／（日）寿岳章子著；（日）泽田重隆绘；
李芷姗译. —2 版. —北京：生活·读书·新知三联书店，2019.4
ISBN 978 – 7 – 108 – 06371 – 7

Ⅰ．①千…　Ⅱ．①寿…②泽…③李…　Ⅲ．①随笔－作品集－日本－现代
Ⅳ．① I313.65

中国版本图书馆 CIP 数据核字（2018）第 168528 号

责任编辑　张　荷
装帧设计　薛　宇
责任校对　张国荣
责任印制　卢　岳
出版发行　生活·讀書·新知 三联书店
　　　　　（北京市东城区美术馆东街 22 号 100010）
网　　址　www.sdxjpc.com
图　　字　01-2018-7376
经　　销　新华书店
印　　刷　北京隆昌伟业印刷有限公司
版　　次　2012 年 2 月北京第 1 版
　　　　　2019 年 4 月北京第 2 版
　　　　　2019 年 4 月北京第 3 次印刷
开　　本　880 毫米×1230 毫米　1/32　印张 8.25
字　　数　100 千字　图 89 幅
印　　数　15,001－23,000 册
定　　价　36.00 元
（印装查询：01064002715；邮购查询：01084010542）

目　录

位于室町通与一条通交界处的装束司——有本家的宅邸。质感温厚的木造结构、华美的屋瓦与 厚
重的白色墙垣，不愧是曾为京都支柱的一家（上京区室町通与一条通交界上行途中。装束司是从
前日本宫廷的婚丧喜庆中，负责安排各种衣物装饰的官职。）

五条坂的清水烧窑遗迹。象征无数陶瓷名作逝去的繁
华，也见证了过去的辉煌历史

位于木屋町的日式料亭"鸟弥三"。细致的窗棂线条蕴含无限美感
（中京区木屋町四条通下行途中）

巨大的"火"字，指引往生者灵魂回归彼岸的熊熊烈火！
8月16日晚上在东山如意岳山上举行的盂兰盆节例行仪式

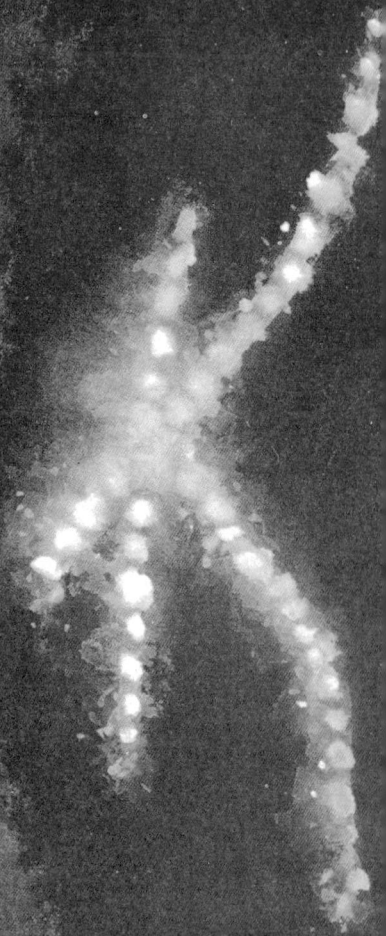

九条大路上的东寺金堂。屋脊如重叠的波浪般壮阔。与无数线条组成的宏伟建筑之王国形成对比的,是人们若无其事的一举一动

东本愿寺外濠的唐门。平时看惯的风景，换个角度
来看确实有股气派的感觉

在京都御苑立卖御门下避雨的年轻人。
还在这里躲雨的确别有一番情调

序曲：继续漫步在京都

　　总算是完成一本书了。松了一口气，我又回到熟悉的京都大街，再度发现了许多有意思的街道与住家，不禁又连连地赞叹。

　　由于写作时的习惯使然，我常跟打算写进书里的店家闲聊，也因此往往会有"啊，这个也很不错"之类的惊喜新发现。

　　突然很想买一把修剪枝叶用的剪刀，于是我出发前往位于繁华的河原町四条通正中央、那间老店中的老店——"常久"。"常久"是我念女校时的同学家里开的，以前就常听人提起，加上店铺所在位置又十分便捷，即使在其他地方也颇负盛名；我习惯到这里买东西。我们家里小自指甲刀，大至菜刀，举凡刀剪类的物品，都出自"常久"。

　　我从眼前各式各样不胜枚举的枝叶剪中挑了一把，麻烦店家帮我包装好。结账时偶然瞧见柜台后的墙上，嵌着一个看起来颇有年代感的木制柜子，上面有许多扁扁的抽屉；与"键善"店里的柜子不太一样，和"千坂药铺"里的药柜也不甚相似。浅抽屉大约是为了方便收藏刀剪类的设计吧。

　　就在我赞叹那个古色古香的柜子时，店里的人告诉我说："这个柜子可有两百年的历史了呢。只是抽屉实在太多，结果反而搞不清什么东西放在哪个抽屉；实际用起来没有想象中的方便，所以现在也就放着不用了。"不过，这个柜子后来却成为店里的一景。我被这个老旧的柜子挑起了好奇心，忍不住继续追问下去："请问你们已经是第几代了？""现在是第十六代了。"店家答得很顺。十六代的经营，这比有着许多抽屉的古老柜子更了不起。算一算这间店该是日本中古时代就存在了。想到这儿，我的脑海中不禁又浮现出许多过去活跃于狂言世界的商人身影。

沿着绳手通，我往北边疾行。不过，出于长年的习惯，我还是边走边东张西望。在这条林立着高级古董专卖店、摩登日本料理屋及咖啡厅等的时髦商店街上，有一间门庭宽广却未多加装饰的店家。对于这间平时不经意就会错过的"普通"店铺，突然有一种想进去一探究竟的冲动。心想反正手边的白色信封刚好也用完了，于是便横穿过马路走进那间店里。没有任何广告跟装饰，宽敞的店面跟我想象中的一样。有纸、信封（种类倒是不少，赠金袋、婚丧喜庆用的红白礼包，连过年时装饰筷子用的纸套都一应俱全），还有一些零星的文具。走进店里时，里面已经有一位女客人了，看上去似乎是住在附近，正在请店家帮她在红包袋上题些贺词；而那位应该是老板娘的太太，正从箱中拿出文房四宝准备帮她题字。环视四周，发现结账处虽然饱经岁月的洗礼，却仍不失堂皇；天井处的横梁亦不减豪华本色。于是，我的好奇心又被勾了起来。"请问贵店经营到现在是第几代了？""现在是第七代了。"老板回答道。"哇！那这间店从江户时代就开始经营了啊。"我一边请老板帮我把信封包起来，一边感叹着。老板还告诉我，这间店创于元禄时代 [1]，本来是做汇兑生意的

---

[1] 指 1688 年至 1704 年。元禄是日本年号之一，在位天皇为东山天皇（1675—1710）。

商行:"从前招牌的门帘长得可以碰到地板,上面是一个里头有着方形小孔的圆形铜钱模样,中间则印染着一个'新'字,而店名就叫作'钱新'。后来也兼做和纸等其他生意,现在则以贩卖日常生活中所需的纸类制品为主。"默默承袭、守护着自家的招牌门帘,这就是京都商人的传统。

1987年,昭和六十二年的岁暮。12月6日午后,新村出基金会[1]在京都大学的乐友会馆中举办了一个活动,并将1987年度的新村出奖以及研究奖助金交给几位优秀学者。仪式简单隆重,仅邀请少数相关人士参与;会后还举行了小小的庆祝会。就某个意义层面来说,与会的都是与新村出纪念基金会,或是与新村家有渊源的人士。

其中一位来宾叫作"御仓屋",是位性格独特的京都和果子师父。"御仓屋"先生本人十分幽默风趣,更创作过不少著名的和果子。他的作品颇受新村教授的喜爱,以前也时常出入新村家。其和果子作品之一"夕照",就是由教授所命名的。麻薯外皮由淡淡的黄色到温暖微红的渐变,的确是名副其实的经典作品。细心体贴的"御仓屋"先生也为当天每位出席者准备了一份叫"旅奴"的小点心,以和纸制的袋子细心盛装,是黑糖口味的另一名作。他开设在大德寺附近及紫野大门前的几间和果子铺,总让人以为是代代相传的老字号,很难想象他竟是创业的第一代。京都不愧是个人杰地灵的奇妙地方,不断孕育出拥有百年老店实力的新生代。

这次有机会将个人在浅阅的人生中所见所闻的京都集结成册,内容尚不算丰富。然而日常生活的点点滴滴仍不断在我心中累积,思绪

---

[1] 新村出(1876—1967)是日本著名语言学家、散文家。他主编了日本最大的辞典《广辞苑》。新村出基金会自1982年起每年颁给对语言学研究有贡献者的新村出奖就是以他的名字命名的。

也不断地涌现和膨胀。无论现在或是今后的每一天，我仍会实实在在地生活在京都、踩在京都的土地上。而京都悠久历史的强大力量，也始终能与那些受到现代潮流破坏的部分相抗衡，令我惊叹不已。我一直相信，京都是个越深入发掘就越有味道、拥有强韧生命力的都市。

另外，要特别感谢的是背着相机与画材，努力将京都街市的神奇魅力呈现在画纸上的泽田重隆先生，以及不断督促鼓励着退休后又面对如此忙碌的写生生活、每天逼着我交出热腾腾原稿的草思社编辑北村正昭先生。跟两位一起信步前往实地搜集相关资料，也是相当愉快的经验。

走在京都大街上，我们不禁感叹京都的街道实在是包罗万象，变幻莫测！好像不自觉地就踏在历史上。或者说，"过去"或许是个沉重的负担，但我发现，对现代来说它却仍不断发挥着它的功能。换个角度来看，尽管京都被认为是历史与传统的象征，但它的生产力与竞争力却仍是毋庸置疑的。

在这历史洪流的一隅，我们的家族从大正末年延续至今。若是与京都悠长的历史相比，恐怕只是瞬间的光芒。一代是如此短暂，像我们家这种某一天，不，是迟早有一天会消逝的小家族，更是托京都之福才得以拥有如此丰富充实的人生。"真是谢谢你了，京都！"我暗自如此想着。

这本书可算是我的人生侧写，借此机会，我也要再次向那些曾经站在京都这块土地的人们致以最深的敬意。

寿岳章子
1987 年末

1

我家的居住风情

向日市的寿岳家远景

我们深爱的向日町老家

经常接到友人寄来的搬家通知。搬家的原因不外乎是调职，或者家里发生变故。搬家并不是他们的目的，而是为了前往人生下一个阶段所必须采取的行动。

此外，也有一些人是好不容易实现梦想，终于搬进了更新颖，或更有个性、更豪华的新家，让我在佩服的同时，也不禁兴起了搬家的念头。不论原因为何，搬家成为参与者彼此回忆中共同的一段，让人感觉是在家庭生活中所遇到的关卡，既是转折点，也是新生活的出发点。

至于我，印象中的搬家经验只有一次，不过当时并没有什么记忆。那是早在1933年（昭和八年），也就是我小学四年级的6月所发生的事。这意味着我从那时起，到现在1987年（昭和六十二年）六十三岁为止，一直都住在同一个地方。搬家对小孩子来说，不过是跟在父母亲后头行动罢了。我只是背上背个书包，手中提了几个袋子，就跟着父母亲从京都东山南禅寺山内的家，搬到了这间位于京都郊外向日市的家（其实我很不喜欢这种叫法，很久很久以前，这里就被称作向日町，我们家也习惯于这种称呼，并深爱不已。最近向日町改制为"向日市"，不过我觉得这名字很奇怪，应该叫"向日町市"才对。在过去，地名中的"町"字其实并非行政区的"町"，而是从许久以前便流传下来的专有名词）。

每次拜访那些盖新家或是重新装潢旧家的友人，我总是情不自禁地羡慕。就为人处世来说，"羡慕"这样的情绪我原本不太喜欢。我认为这种不愿诚实面对自己的人生，却在心里暗想"要是能和某人一样就好了"的态度实在不可取。与其对长相美丽的人百般羡慕却莫可奈何，倒不如想想该用什么办法来改善自己的面孔，还比较实际。

话虽这么说，我还是对按照计划准备搬家的人感到些微的羡慕。搬家之后，新居便成为自己的附属品，而住家的设计也将与生活方式结合。书房、厨房、寝室……可以为屋内的配置花心思，或是做些让人大吃一惊的设计，装潢出异想天开的房间。我对此不断发出感叹，看来我其实还是对自己生活中所欠缺的东西有所渴望吧。

搬进现在的这幢房子，也已经五十四年了。尽管我曾一度想要盖新家，也曾想搬离这里，住一住新的宅所，想想还是会继续住在这个旧家，直到老死吧。

当然了，现在这栋房子盖得非常好，每次都让来造访的客人们欣羡不已。尤其它的通风状况更是堪称天下第一。虽然今年（1987年）才在客厅装了空调，但在过去的漫长岁月中，我们却能够在没有空调的环境下，度过以酷暑闻名的京都夏季。这是因为在盖房子的时候，特别考虑到了通风这一点。

恐怕我到死为止，都会住在这间父母亲费尽心思搭建的屋子里吧。1981年（昭和五十六年）过世的母亲，不知有多么深爱这个家。母亲离开人世时，已经在床上卧病三年了。虽然母亲最后是在昏睡状态中过世，但当她病危进入错乱期时，似乎老把家里与病房搞混。这反而让我暗生欣慰——因为把医院当成家，能让母亲的心情更加安稳平静，毕竟她从1933年以来便一直住在这里。虽然这不是什么出众的高级住宅，但他们每天都把目光投注在这间稳扎稳打盖建的屋子里，一发现有什么小损伤，便马上请工人来修理或是自己动手整理。我能感受到母亲对这个和父亲两人胼手胝足、辛苦组成的家，有多么强烈的眷恋与不舍。

母亲的最后一场病来自肝脏，而动脉硬化则让她在临终前陷入恍惚状态。这种病并非毫无征兆，母亲在五十七八岁的时候，就曾因为食道静脉瘤破裂而严重吐血，在治疗过程中，母亲的脾脏首先被取出，经过又一次的严重吐血之后，医生花了相当长的时间把破裂的血管一针一线地仔细缝合，才完成这项所谓的静脉瘤结扎。这场手术能如此成功，我觉得是奇迹的降临。

"活到七十岁应该没问题，不过最后致死的病会是肝脏的问题。"母亲出院时，医生却这么宣告道。

十数年的岁月，就像梦境一般地流逝。我时常想起医生的话，想到年过七十的母亲，不知何时生命会断了线，心里就开始焦虑不安。母亲跨过七十大关好一阵子，终于因肝脏衰竭而陷入昏睡，那是1979年（昭和五十四年）的秋天。

该来的还是来了。家人们偷偷地放下长久以来悬在心中的大石。母亲在医院度过了一段漫长的时间，总共住了一年零九个月。在这段时间里，她或长或短地回过家三次，尽管身心一日比一日衰弱，但再次回到这个自己最安适的场所，确实让母亲显得放松不少。话虽这么说，母亲还是无法四处走动，只能舒适地躺在八个榻榻米大的寝室里，或是坐在起居室桌前的老位置上，看起来很开心的样子。这间伴随着母亲几近五十年岁月、早就住惯了的家，的确存在着一股安定沉稳的气息，让母亲的心情得以缓和。

从除夕到过年这段时间，母亲嘴里一直说着："回到家也不知道过了几天，总觉得好像已经回来很长一段时间似的。"

母亲在1月4日再度离家回到病房，这段日子是母亲最后的安逸时光。而家族最后的对话也在这段日子里完成部分的录音。

录音时，我在对话中不经意地向母亲问道："在妈的一生当中，最快乐的事是什么？"

　　与过去谈笑风生的模样大为迥异，当时已经衰弱到极点，也不知道究竟能不能够答话的母亲，只有在面对这个问题时立刻答道："能和你爸在一起，就是我最快乐的事。"

　　或许我们是想把待在家中，病情即将到达末期的母亲的话语留在这个世界上吧。这卷录音带至今仍在我的手边，深夜，从录音带流泻而出的母亲的话语，带出跟双亲相处的这段说长不长、说短也不短的日子，唤起我最深切的怀念。

　　必须再次展开住院生活的母亲，1月4日的下午跟我一起坐上了车。这段距离医院大约一小时的车程里，我和母亲几乎没有交谈，两人默默地并肩坐着。我悄悄地握住母亲的手，母亲也用她那瘦弱的手牢牢回握住我，像是要向我表明自己已下定决心重返疗养生活似的。这让我多少感到放心。

　　然而，回到医院后，主治医师却说了这番话："除了肝脏，动脉硬化也会使令堂开始陷入恍惚状态。"

　　恍惚状态！没想到这个字眼竟逐渐盘踞在母亲四周。

　　进入2月后不久，主治医师再次准许母亲回家。现在回想，医师当初恐怕是因为体谅母亲，才勉强安排她最后一次回家休养吧。其实在这一个月内，母亲病情恶化的程度相当骇人，肝脏就不用说了，还开始胡言乱语起来。母亲的恍惚并非源于脑血栓症，实际上，她是意识清楚地说着奇怪的话语。她一再坚信自己睡在家中。看顾她的人老是听到她用这种语气说话。

　　不，这里是医院，不是家里。是否有必要这样刻意去纠正她呢？还是就让母亲把病房当作家？我不得不在心中如此犹豫着。

就这样，精神陷入错乱的母亲回到了家中，母亲的样子跟之前回家养病时的安适沉稳截然不同，表情竟显得有些凄惶。她就坐在我现在坐的位置上，以一副绝不离开这座位似的神情抗拒着医院。回家的当天晚上，母亲颇为开心地入浴，我和她两人在浴槽里，还对她做出滑稽的动作，母亲放声大笑，不知有多么开心。然而，隔天她的脸上却浮现出阴沉的表情。晚餐吃完鱼火锅后，母亲一边用又细又瘦的手指剥着橘子皮，一边放声大叫："为什么要把我送进医院？"她的手因激动而发抖，很明显地出现了情绪异常，无可奈何的绝望就此涌现。

　　和父亲讨论后，我们决定联络主治医师，马上用救护车把母亲送回医院。之后的数小时我一辈子也无法忘怀。1月时的母亲明明心情还颇为愉快，率直地对我承诺道："再去医院治疗吧，一定会好起来的。"但这次她却濒临疯狂状态，哭喊着："不要！我不要回医院！"救护人员联手将她抱进车里，在发出"咿呜咿呜"的声响、往医院驶去的救护车内，母亲瞪着我，不断地说道："你难道就这么恨我吗？"

　　我仿佛整个人跌进地狱之中。在到达医院之前，我经历了生平从未有过的沉痛心情。母亲顽强地抗拒入院疗养，让我开始怀疑是不是就算情况再怎么糟糕，也应该让母亲留在家中？

　　主治医师站在车辆的入口处等待救护车到达，对母亲做了适当的处理，并待在病房里照顾母亲直到她安静下来。

　　母亲原本得到回家休养一星期的许可，没想到却发生这样的事，只在家停留了一夜。如果能够在樱花盛开，或是樱树初绽新芽的时节再接她回家一次，那该有多好啊！我心中殷切地盼望着。虽然我也觉得恐怕无法实现，但却忍不住祈祷这痛苦而甜美的梦想能够实现。

母亲住院直到来年 6 月 27 日，生命画上休止符为止。我曾以为，不论是以何种形式，母亲都将继续活在这个世上，甚至比我们所能想象的还要长久，这种想法让我感到欢喜。无奈就算是樱花绽放、凋谢，还是母亲或姐姐扎上白色的工作头巾在樱木间忙着"绷竹签"[1]的樱树发芽时节，她仍然无法回到家里。脆弱不堪的生命静静地逐渐枯萎，就算只是片刻，母亲还是不能回到我们的向日町老家。不过在昏睡的每天、陷入错乱的一分一秒，我相信，虽然我们无法察知，但这个见证了母亲人生的黄金时期，因生活点滴而散发出灿烂光彩的家，大概还是以某种形态在她脑海里大放光芒吧。

　　不过，人能够这样经营自己深爱的家园，是非常幸福的一件事。现在我也逐渐年华老去，即将跨过母亲当初严重吐血的年纪，面对人生的最终阶段。我占据了昔日母亲的位置，虽然仍不及母亲，但还是用心打理这个由她一手打造的家，与它一起度过最后的日子了。真的到最后了！距离父亲，以及不久之后我也会离开世间的岁月不再遥远。和过去漫长的时光相较，接下来的日子显得极其短暂。然而，我还是想投注心力，彻底舍弃对搬家的执着，在这间父母亲眷恋不已的向日町老家，继续经营双亲以及我自己的人生。

在八条通源町的租屋开始京都生活

　　听父母亲说，在搬进那间母亲深爱的向日町老家之前，他们曾经历了一段相当曲折辛苦的过程。父母亲两人皆不是出生于京

---

[1]　参看第 80 页"母亲在春天的工作"。

中村家位于八条通上用厚土所围成的房子，展现出京都城镇的深厚实力。我父母的新家位于八条通，不过却遭小偷闯空门，弄得乱七八糟，相当可怜（南区八内田町四冢町）

都，长久以来，却以外地人的身份在京都生活。父亲出生于播州明石内地、押部谷（如今成为神户市西区）的寺院，不久便被姐姐的婆家、当时称作兵库县美囊郡上淡河村的石峰寺竹林院收为养子，就这样在京度过了学者的一生。母亲原姓岩桥，出生于和歌山的田边。由于双亲很早便来到大阪，因此母亲也算是大阪人。当母亲还是少女时，她大概也没有想到会将自己整个人生奉献给京都吧（母亲的尸骨确实埋葬于京都）！

母亲为了照顾原本就读于早稻田大学专科部理工科，却突然失明的哥哥岩桥武夫，便向就读已久的女子学校申请休学，跟着好不容易决定复学，进入关西学院专科部的哥哥进入关西学院就读。岩桥武夫以崭新的心情准备走出人生的阴霾，在他班上，有位名叫寿岳文章的男生暗恋着母亲。这个人孤独而贫困，完全不像普通学生一样无忧无虑地歌咏着美好的青春。根据母亲的形容，他总是和那些大声喧哗、谈笑风生的学生们保持距离，而是低头沉思着，一副心事重重的样子。

寿岳文章与岩桥武夫两人由于年纪轻轻就体验到人生苦短，因而培养出相知相惜的友谊。岩桥家境贫困，并不是特别注重教养的上层家庭，甚至穷到被迫让好不容易进入女子学校的女儿才上了一年多的课就办理休学。家里除了父母之外，还有活泼的两男两女，尤其身为母亲的岩桥华是个既亲切又体贴的人，因此家中气氛总是暖洋洋的。而他们对于失明儿子的同学，同样是关怀备至。

对于武夫最好的朋友——寿岳文章来说，在这里他找到了自己所欠缺的家庭温暖。文章经常去找武夫。就在学校以及岩桥家中，他与武夫的妹妹静子两人慢慢地相互吸引着。

他们开始谈起恋爱。在母亲的第一本小说《朝》中，也描述到那段心路历程。两个人最后终于结婚了，同时我父亲文章也从关西学院毕业，取得京都大学文学部选修课程的学籍，并决定在京都居住。然而在结了婚缺钱的情况下，父亲不得不身兼多所学校的讲师，以赚取生活费或是买书钱。父亲毕业自东寺所办的东寺中学，因为这层机缘而成为该校的讲师。

1922 年，也就是大正十一年的初春，三名男女在国铁京都车站下车。其中一对男女散发着年轻的气息：身材高瘦的男子穿着西装，虽然外表沉静，知性的眼神中却闪烁着一股即将面对全新生活而蓄势待发的气势；年轻女子将浓密的黑发扎成蓬松的西式发型，体态纤细苗条却不显柔弱，美丽的相貌流露着坚定的意志（母亲的确是个美人，听说她的父母也以此为傲。还有人说年轻时只要岩桥静子一出现，那附近的花就会开呢），充分散发出人生由自己掌握的自信及对未来的期待，炯炯有神的眼珠子闪着光芒，虽然身上的短外褂相当朴素简单，但给人极舒服的感觉。

还有一位看起来将近五十岁的中年妇人，脸上的表情似乎很高兴，但又有点落寞。这位母亲——岩桥华，陪伴着将要迈向自己人生的女儿来到京都。

大阪到京都的距离现在看来可能不算什么，但当时他们所搭乘的国铁火车可是以蒸汽火车头拉动的。就这样，寿岳夫妇准备踏出在京都生活的第一步。没有举办结婚典礼，也没有蜜月旅行，各自提着行李，连人力车也没搭，三个人迈开步伐从京都车站走向新家。当然那个时候我尚未出生，然而我仍然能想象出父母开始在京都生活的情景。

开启两人在京都生活第一步的家位于八条通的源町，此处紧邻东寺，如果从京都车站坐人力车到这里的话，一趟要十八钱。他们三人把这笔钱也省了下来，终于抵达这间租来的小房子。房子的大小事务皆委托东寺中学代为处理，行李也已经先送达了。除了少许衣物外，其他家具便按照当初的计划在附近的二手家具店购买。三人放下手上的行李便出门采购去了。

后来想想，如果当时外婆留下来看家就好了。三个人找到衣橱还有其他合适的物品，并请店家送到家里。回到家，晴天霹雳的事情发生了，在这么短的时间内，新家竟遭小偷闯空门。家中被弄得乱七八糟，原本就不多的衣服当中，比较贵重值钱的都被偷走了。像是文章的和服式呢绒外衣（类似披肩长外套，让日本男性可以披在和服外面的一种毛料外套。我在战争时把它改做成许多东西，非常好用），还有静子那几套稍微像样的和服全部被盗。最叫人气愤的是，文章与静子长久以来交往的书信也凌乱不堪地散落一地。看来是要找现金的样子。家里根本就不像有东西的样子，但饥不择食的小偷可能认为至少可以翻出一两张纸钞吧！

回想起来，这种贫穷小偷闯进贫穷人家的事件，真像是下京地区会发生的事啊！不过后来那些被偷的东西都找回来了，警察还真是了不得。（类似的事件之后也曾再度上演，并成为家里的笑话。那是战争结束后的事，在向日町家中，父亲翻遍每个地方就是找不到他的雨衣。由于只有在下雨时才会穿，所以也不可能每天去清点。到底跑哪儿去啦？父亲说他挂在门口的衣架上了，但衣架上却并不见雨衣踪影。该不是谁把雨衣收到西式衣橱去了？西式衣橱也没有。家人一致认为是掉在外头。一两个月之后，有个犯人被刑警带到家里来，手上竟然还拿着父亲的雨衣。也就是说，东西正如父亲所说挂在门口，不经意打开大门的小偷只偷了那件雨衣。他注意到屋里很热闹，犹豫之下便没有进入屋内。那时，大家反而有点同情那个小偷。）

我的出生地——东山三条古川町

刚搬到新家就遇上遭小偷这种倒霉事，父母亲已经不想住在这里了，他们仓皇离开八条的家，匆匆忙忙地搬到现在左京区冈崎福之川町，随后又在东山通三条附近租了间二楼的房子。这里本来住着一对老夫妇。而我也在此诞生。天生似乎就很会惊动人的我，出生时就弄得大家手忙脚乱。

我户籍上的出生日期是 1924 年（大正十三年）1 月 2 日。日本人的生日若是在 1 月 1 日到 3 日之间，大抵上都是有点问题的。过去那个年代跟现在以实岁来计算年龄不同，只要一进入 1 月，大家就长一岁。因此 12 月底出生的人，可能才诞生到这世上一两天就变成了两岁。由于这种计算方法的关系，大家索性将一些本来出生在年底的孩子，出生日期更改为来年的 1 月。调查看看就知道，日本在战前几乎没有人出生于 12 月底，因而 1 月出生的人数特别多。

因此，我也是那有问题的其中一个。然而，事情并不是那么简单，比起可疑的出生日期，还有更加复杂的情况。

父母结婚不久就孕育了我这个小生命。预产期本来应该是在 1924 年的 1 月底。父母两人为此雀跃不已，也做了很多准备。但是计划永远赶不上变化。年底时母亲便出现阵痛，原来打算 1 月底回娘家慢慢待产的计划也跟着泡汤。从 12 月 27 日便开始腹痛的母亲，并不知道那就是产前阵痛，还怀疑是因为天寒而发冷，直到半夜剧痛如同海浪般一波波打过来，这才想到莫非是……一夜没合眼的她熬到天亮，一大早就前往医院。那的确是产前的阵痛，有名的主治医师说大概在当天下午四点左右便会出生。虽然已先发过电报

东山三条古川町的商店街。在买卖之中也能够感受到浓厚的人情味，让人觉得很开心。这是条充满回忆、令人怀念的街道

通知了，但父亲却飞奔到大阪去把亲戚带来。医师和护士也都离开了母亲的病房，留下母亲在剧烈的阵痛中独自将我生下。对于一个二十二岁、初次生产的产妇来说，这真是个相当特殊的经验！然后，母亲伸手碰到枕头旁的金属脸盆，"当当当"地敲了几下，护士才总算出现。

可想而知当时的情况有多混乱：医师、护士们一阵手忙脚乱，医师责骂护士，护士则抱怨产妇不该自己忍耐。用尽了九牛二虎之力总算把这个小生命迎接到世上、意识已经模糊的母亲静静地躺在床上。母亲倒认为是医师的判断错误。

我是个只有九个月大的早产儿，暂时被移至保温箱中接受照护，努力地呼吸这个世界的空气。就这样，我在京都跨出了人生的第一步。大阪的外婆因发高烧到 39 度卧病在床，但她仍匆忙拿了东西，披头散发地就和父亲赶到医院。

"如果我不去的话，静子会死掉啊！"

一路上大呼小叫飞奔到医院的外婆，见到依然健在、筋疲力尽却露出微笑的女儿和外孙女，一定开心极了吧！后来长大的女儿我，不免责备父亲在如此重要的时刻居然没有陪伴在妻子身旁。"真没想到爸爸你那么笨，不去大阪又不会怎样，反正都已经发电报了。你只要一直陪在妈妈身边就好了嘛！"

他们一定很感动，在这个世界拥有自己的孩子是多么不可思议啊！

我被命名为"章子"，就是取自父亲名字中的"章"字。迫于没钱，我不得不在 12 月 31 日出院。不过，当时我已经离开保温箱，十分健康，一家人回到了那间二楼的租屋。

父亲笨拙地准备迎接新年到来，水壶在火盆上冒着暖暖的蒸汽；也为我铺上了有可爱花样的被褥，展开寿岳一家人的平静生活。就这样，我出生证明上的出生日期登记为大正十三年1月2日。原本应该是大正十三年1月29日的；但一个不小心真正的生日变成了大正十二年12月28日；最后又变成大正十三年1月2日。这件事确实挺复杂的，我个人是无所谓啦，因为即使是九个月的早产儿，也已健健康康地长大了。

母亲怀胎九个月就生下我的原因，可能是因为住在二楼，上下走动太激烈而动了胎气。有了小婴儿之后，这二楼的家就越来越不方便了，以后也可能会打扰到那对住在楼下的恬静老夫妇。一定要搬出这里才行。父母决定再次搬家。这段时间父母承受了非同一般的辛劳，既没有钱也没有亲友帮助的年轻夫妇，咬紧牙根开始找房子。

我出生的家离京都大学很近，的确是住起来相当舒适的地方。母亲抱着我回到这个二楼的家准备要过年时，父亲和外婆则在附近一条叫作古川町的商店街买齐了过年要用的物品。根据母亲在《美丽的岁月》一书中所描写：

> ……壁龛也插了一朵花，餐桌上的漆器里装着一些过年吃的红烧菜肴。还买了年糕。父亲如此的费心布置……

这些东西不是父亲自己做的，全部是从隔壁的古川町商店街买的。这条从三条通往南方一直延伸下去、整条路上都是店铺的商店街，现在还架有拱廊，是个颇具规模的购物街。在京都除了有名的锦市场之外，还有几条很棒的商店街，像这条古川町就相当不错。

母亲偶尔会抱着或背着我到这里来买东西。

"哎呀，太太你当妈妈了啊！"店里的人这么对母亲说。现在的我怎么都无法想象自己出生时只有两公斤，而之前母亲的体形也看不出来像是即将临盆的样子。

曾经往来于这条路上的母亲已经过世了。而早产的小婴儿现在也已年过六十，走在这条路上时仿佛要把店家看穿一般地左顾右盼，不禁感慨岁月真是让人感到不可思议！我想这条路只有两米那么宽吧，石板铺成的路面好得叫人难以形容。商店街现在搭建了棚架，变成拱廊的样式，但以前走在这里可看得到蔚蓝的天空呢！

我买了腌菜、肉类及水果。被问到是从什么时候开始定居在此时，我会回答："已经住在这儿好久了呢。"店家们也同样回答说："我从结婚之后到这里已经三十年了，可老家比这更早就在这里喽！"或是"很早以前就住在这儿了。"

当时，在我出生的这块地方，支撑着这条商店街的人们已经退居幕后，现今努力工作的下一代则成为家庭的支柱。这里并不像锦市场卖的是送至一流日本料理店的商品，充其量不过是普通的食材罢了。特别是现在放眼望去，许多店家都会将家常菜装在薄木板盒里贩卖，对附近居民的日常生活来说，这是个多么重要的角色啊！在我出生的时候，我们家也从这些家常菜中得到很大的便利。

我顺便到一家位于街尾的商店，买了牙签和铝箔片，用来隔开便当中的菜肴。我再次询问："以前就住在这儿吗？"得到的回答仍是"对啊！"这个三十岁左右的女子向我解释说："生意不太好做，所以就摆一些其他商品来赚赚外快。"除了摆设在店内的女性化妆品之外，她说的正好是放在店门口、我所购买的东西。

充满怀旧情感的南座里旧家

穿过古川町一带，走到知恩院前，白川的清澈河水映入眼帘。接着沿东山通向南走，不久就到了祇园的石阶下，再从四条通往西走过去，便会出现我成长的第二个世界，也就是南座里。人们或许会惊讶于我们竟然住在这种地方：那里一定又窄又小，绝不会像是学者的家。如此繁华、到处都是商家的地方，完全看不出会有适合我们一家居住的房子。然而，父母亲却发现了一间很好的屋舍。母亲在《美丽的岁月》中如此写着：

> 沿着四条通的田间小路往下走，就在穿过南座里后面那条小路上有一间小小的房子，我们在 20 日左右搬进那里。虽然地点不太好，不过这间才重建不久的屋舍很坚固，厨房的炉灶跟料理台都是新的，墙壁也全都重新粉刷过了。中间的玄关约两席榻榻米大，左手边两席大的饭厅连着厨房，右手边是四席半的空间，这就是一楼的样子了。二楼则是分成六席和两席两部分……在西边有个虚有其名的庭院，里头种了两三株瘦弱的小树。这样的房子感觉有点怪怪的，像是被装着铁制篱笆的墙壁包围住似的。附近邻居的房子大多既小又简陋。

我对这里跟古川町附近的出生地一样，没有任何记忆，但我却在此留下了不少英勇故事。1987 年的秋天，日本为了推选自由民主党的总裁而沸沸扬扬。对百姓来说，不管是谁当选都没什么差别，所以大家都不太重视。然而有些狂热分子竟趁机发起了一些活

南座里密密麻麻的住宅。这是我小时候的世界，让人感到
无限怀念，温暖极了。这是从东山区大和大路四条向下走
的龟井町，所眺望到的南座里风景

宫川町的小巷子。京都有许多小巷子，在在
散发出浓浓的京都味（东山区宫川筋丁目）

联系古今各种梦想。宫川町内专门接待外国人的民宿旅馆 "SAWAI"（泽食）。这是栋三层楼的木造建筑

动，那时候"antic"这个字眼经由报纸刊载，造成一股骚动。我与父亲看到电视媒体报道那个用词时，彼此会心一笑，并不是因为"antic"的关系，而是让我们想起我小时候所说的"anchuk"这个发音相似的词。

这一带有很多小孩子，大家相互打闹玩在一起。早已脱离早产儿虚弱体质而日渐苗壮的我，年纪虽小却相当能融入附近孩子们的生活中。有一天我突然对父母亲说："给我 anchuk！"他们两人对这句话感到很惊讶："anchuk？ anchuk 是什么啊？"父母亲觉得纳闷，而我则"anchuk、anchuk"地吵个不停。父母亲出去查问清楚后才了解，原来 anchuk 指的是钱。据我的判断，那一带的小孩们很小就有零用钱买零食吃，我也想赶快跟他们一样，便向父母亲提出要求。至今我仍相当喜爱购物，尤其是打开钱包这个动作。原来我的购买习性从那个时候就表现出来了。

身为日语研究者，我有点好奇 anchuk 这个词源自哪里。说不定是从父母亲所说的"oashi"[1]变来的，但是作为一个学者，再怎样也很难认同 oashi → anchuk 这种牵强的说法。又或者是附近邻居们之间的一种暗语：oashi → x → y →…→ anchuk 如此转变而来的！年幼无知的我便说着这个永远也没有谜底的有趣词汇。

结果我并没有得到 anchuk，伸出去要钱的手掌心连一枚硬币也没拿到。我们家规定在读女校之前是不发零用钱的（其实读小学时，我曾在地方庆典上拿到五钱，雀跃得不得了），因此在我那么小的时候父母更不可能给我钱了。父母亲一定是用尽方法说服我吧！看着空空的手掌心，我当时既难过又无奈，心中感到茫然不知

---

[1] 日本古代宫廷女性用语中的"钱"之意。

所措，但是为了消解当时的怨怼，现在的我会到自己住的地方去，打开钱包拿出 anchuk 来用。

父母年轻时的奋斗生活确实过得很恬静。虽然贫穷，但对相爱的两人来说，这却是一段相当充实的时光。为了贴补家用，母亲开始做些针线活，因此也让她想要提高赚钱的效率。她本身对教书就满怀热忱，再加上附近邻居知道母亲曾在女校学过一年多的英文，所以拜托她教小孩英语。这就是母亲长久以来担任英文家教的第一步。听说那些调皮捣蛋的初中生居然乖乖地来上母亲的课，成绩也跟着慢慢进步了。

最令人难以置信的是，母亲并不因此而感到满足，她向研究社订购讲义自行钻研，偶尔也会请教父亲。她打算将那些浅显的知识立刻教给孩子们。母亲原本就是个小心谨慎的人，但她对于自己居然能做得那么好也感到有点惊讶。越教越有心得的母亲，心中燃起了开拓新世界的构想，加上每个月吸引人的学费，她便顺理成章成了一位老师。年轻时对英语所埋下的种子，就这样开花结果，母亲还出版了好几本翻译作品。她当时做梦也没想到，单凭一种语言竟然能开拓出如此宽广的新世界，并激发出那么浓厚的兴趣。总之最让她开心的，还是教书比起业余裁缝能赚取更多的收入。

我们一家人在南座里住到 1926 年，大正十五年的初夏。现在我偶尔会去"田中屋"买点草鞋之类的。还记得十几年前我跟父母亲一起去拜访的时候，店里头有个年纪很大的人一看到我就说："哎呀，长这么大啦！"当时我忍不住笑了出来。没错，当年在这一带走起路来摇摇晃晃的三岁小女孩，今天回来就是要让大家看看她的"英姿"。这番赞叹还正合我意。

至今我仍经常在这一带散步。这条街道与称之为绳手通的四条通交叉，散发出浓厚的京都风情的繁华气息，是一条走起来乐趣十足的街道。这里紧靠着花街，因此林立着许多精品店，店铺门面都不大，精致的商品整齐排放在橱窗中。发簪与梳子、手工制的日式布袜子、三弦琴及琴弦（这家店与我家有着深厚关系，后文再谈）、可爱的甜点，以及过去可能不存在如今却日渐兴盛繁荣、飘出阵阵香味的面包店，还有让人想一探究竟、别具风格的餐厅……以刚才提到的"田中屋"为首，这条街有很多鞋袜店是专为在花街工作的女人所开设的。

我曾经在这一带闲逛玩耍。眼看着那个刚出生的还稍嫌虚弱的小女孩竟也变得如此茁壮，尤其是我偶尔会靠着强健的双腿出出远门，让母亲相当吃惊；我这个坏习惯困扰了母亲好多年，而且我有路就走的癖好众人皆知。

走在绳手通，我会格外激动和兴奋。尽管往事的印象多已模糊，但这些熟悉的事物却点亮了我心中的记忆，各个店家演奏出的交响乐章回响在耳边。稍微往南走一点，就能看到东侧的建仁寺，寺庙的庭园里尽是自然美景，母亲经常大老远地带我到那儿玩耍。禅宗寺院特别的宽阔，排列其中的萧瑟而宁静的祖师塔，在这人声鼎沸的城镇里营造出一片不可思议的神圣气氛。身在寺院中的年轻母亲与小女孩，想必在心灵上能获得不少慰藉吧！我家后面有个小院子，里头的大银杏树高耸入云，在这房舍都很狭小的环境里，这棵大树想必也为附近邻居带来不少慰藉。大银杏树充分展现出四季变化之美：冬季光秃的树枝；从春季到初夏的可爱嫩叶；接着是盛夏绿油油的树荫；然后秋季转为鲜黄色的片片云朵；随着寒风到来，又变成铺满一地的金黄色地毯。建仁寺内的树木种类更是丰富，像是企图在京都城镇中突显出寺院辉煌灿烂一般。幼年时期的我和这间寺院，感情是多么的深厚啊！

随着渐渐长大，我的脾气也变得任性蛮横，这个时期大概是我第一次的叛逆期吧！在那个几乎不谈育儿知识的年代，这对于头一次养育孩子的母亲来说，一定倍感辛苦！尤其是在那些重要节骨眼上，我所表现出来的激烈行为。比方说，当时与父亲刚开始往来的京都大学博士河上肇先生[1]，他太太搭乘人力车到我家拜访时，我也是一副见不得人的模样，光着脚丫在泥泞地上走来走去，越是叫我穿草鞋，我越是抬起脚来在泥巴里乱踩一通。听说当时河上太太穿着高级的黑色绉绸短外褂，来送她大儿子政男的家教费用给父亲，着实被我的模样给吓了一跳。

"我真恨不得有个地洞可以钻进去。"母亲在多年以后跟我说了好几次。

"哎呀，对不起嘛！"我嬉皮笑脸地回答着。不过跟弟弟比起来，很明显我似乎是过于精力旺盛。父亲与河上博士的心灵交流（其实是河上博士偶尔会来我们家）一直持续到战争结束后的1946年，博士与世长辞之前。他的大儿了政男因为先天性心脏病恶化，无法正常上学，博士为政男请了父亲当他的家庭教师。父亲主修英国文学，并非像经济系的学生曾接受博士的亲身指导，但由于有这一层关系，自此留下了深远影响

让我体验散步乐趣的南禅寺生活

差不多是该搬离南座里的时候了。对于寿岳家来说，学者的生

---

[1] 河上肇(1879—1946)，日本著名的马克思主义经济学者，同时也是一位思想家、作家，著有《经济学大纲》《贫穷物语》等书。作者的父亲寿岳文章由于与河上肇的情谊，著有《河上肇博士事》一书。

活似乎有些经济上的问题，加上父母亲对我的教育也感到不安，为了让我的行为举止更像个女孩子，他们申请搬到一个较宽敞、幽静的地方。

这次的新家是南禅寺。在西田几多郎博士门下、与父亲私交甚笃的木村素卫先生当时居住的寺庙内有空房子出租，虽然对田埂小路附近的人们感到眷恋不舍，我们一家仍在1926年（大正十五年）7月5日兴高采烈地搬了进去。一家三口从此踏入与以往迥然不同的新环境。

南禅寺北门出去，西边的大建筑物上挂有写着"迁壶庵"的门牌，这里是南禅寺长老们的隐居之处。迁壶庵旁有两间房子，一大一小。有位精神出现问题的某造酒场老板娘和奶妈住在那间小房子里疗养。有时候我哭闹，她会生气地过来质问："为什么把我的孩

（上图）位于粟田口知恩院的石阶。厚重的叠石让人联想到城郭。路过的人漫步其中不知在想些什么？这些石阶本身就是一部历史

子弄哭？"母亲对她离开爱子，悄悄在此生活十分同情。

在那位生病的妇人之后，搬来了山崎先生一家。他们家有个小男孩，长大成人后自组家庭，而他的女儿则当了艺人，就是山咲千里。家族中的亲戚不久也搬进我们家，做起了小吃的生意。托他们的福，我现在才能够心安理得地造访那充满儿时回忆的旧家。这里真好，有种让时光倒流的因子。

这个南禅寺的家，屋里有两间八席、一间六席、一间四席半的房间，还有间相当大的厨房，格局极为简单。檐廊沿着八席大房间的直角而建，夜晚休息时，便将多片木板套窗拉合。此外还有间储藏室，做了坏事的小孩有时候会被关在里面。

我的儿时记忆就是从南禅寺开始的。这里的环境完美得让我恋恋不舍。不过，长形屋舍是南北走向，阳光根本无法从南边照进来。厨房的地板是泥巴地，自来水管的配置更是老旧，即使父母尽了全力修理，生活还是相当不便，连烧洗澡水也是用长长的橡皮水管从外面接进来。那橡皮水管的颜色至今仍清晰地印在我脑海里。尽管如此，我们还是在南禅寺住到1933年（昭和八年）的初夏。对父母亲来说，这里的生活虽然不方便，但这一带却拥有太多丰富的事物了。

首先是大自然。东山就在我们的眼前，太阳和月亮从山上升起，就连小朋友也觉得月升的景色美不胜收。八席榻榻米的房间内散落了一地月光。虽然尚不知该用什么词来形容，但还是个孩子的我深深喜爱着上弦月、下弦月等月亮所散发出各种难以言喻的沉静美感。

包围屋舍的树木也美极了，周围一圈尽是绿油油的，屋内还有一座小庭院。从围墙外到寺院内，走到哪儿都是一片绿意。梅花林、杉树墙，南边与卖汤豆腐的"奥丹"交接处长有许多茂盛的草

南禅寺的"山崎"。这里的鱼酱炖锅非常好吃，跟
我搬家前的口味一模一样。这里有我儿时的梦想

木，偷偷钻过草木再穿越"奥丹"是我固定的路线。当时这里还未变成观光景点，我们女孩子通常聚集在此，用空的折叠椅扮家家，而汤豆腐店的人总是微笑地看着我们。制作汤豆腐与酱烤豆腐串的厨房是个小小的稻草屋，白烟从屋顶缓缓飘出。稻草屋的后面是墓地，立有许多墓碑，被常绿树包围着，正好成为小孩子们玩耍的地方。我一点都不害怕，反而觉得每个坟墓就如同自家庭院般可爱。

我的玩伴少得可怜。南禅寺本殿的北边有位同样在此租屋的日本画家，这个姓丰岛的家族里头也有年纪相差甚远的兄弟姐妹。他们家最下面的三个小孩，是我跟 1927 年（昭和二年）在南禅寺出生的弟弟润的玩伴，不过真正和我一起玩耍的，是大我三岁的和子。那时候我长得很壮，跟外形纤细的和子相当合得来，在她上小学之后，我大多是自己一个人玩。丰岛家较小的孩子——郁子及金吾自然成为弟弟的玩伴，跟我玩不起来。南禅寺跟南座里不同，有许多值得探险的地方，我会一个人到处乱逛。不久，我在 1930 年（昭和五年）进入鹿之谷的第三锦林小学读书。在此之前，我真的把这一带走遍了。有时，我跑到蹴上[1]眺望铺有轨道的输送设备；有时从名刹南禅寺内的水道桥，沿着排水沟渠一路走，我总是尽可能地走在河川边缘（若是让母亲知道这件事，一定会非常吃惊。保持平衡走过砖造的水渠边可是我最喜欢的游戏）。在南禅寺内向东直走，就会走进东山，我在往永观堂方向的山中小径上闲逛，日复一日，从不感到厌烦。

也有玩过头的时候，但不是去没有人的深山里，而是去些热闹的地方。我永远不会忘记那个下午所发生的事。那天我牵着郁子的

---

[1] 蹴上站是京都市电车站名，靠近东山山麓的诸多观光景点。

大和大路通、方广寺的石壁。这片石壁是天正十四年丰臣秀吉所修筑，宛如大阪城的石壁，散发着一股京都不容忽视的力量

手，代替和子当起了姐姐。我没有考虑到郁子的体力能否承受，便以自己的步伐往冈崎走去。当时堪称是市营电车的全盛期，电车线路纵横交错于京都市内，是十分方便的代步工具。称为东山通的道路位于京都市的最东边，是条南北走向的漫长电车路线，它经过九条的东福寺、七条的积智院、妙法院和丰国庙后，来到清水、祇园，不久在仁王门与支线会合。该支线呈东西向，连接动物园、平安神宫和美术馆等站，然后右转沿着慢慢往北流去的排水渠道，一直到蹴上。这段路程很短，车是那种跑北野线的日本市区电车原型的叮叮电车[1]，司机位于两侧敞开的地方，只有乘客在车厢中。

这种市区电车的轨道紧贴着排水沟渠铺设。那天将近黄昏时分，有台电车正要从仁王门出发前往蹴上。一边发出轰隆隆的声响一边缓缓前进的电车司机台上，司机边注视着前方边转动方向盘，没想到竟发现在轨道与排水沟渠之间——充其量也不过七八十厘米的宽度——有两个女孩从蹴上往仁王门的方向走过来。叮！叮！叮！司机大力摇响警报并赶紧踩刹车。他生气地飞快跳下车来站在孩子们的面前。

"这里很危险呀！不可以在这里走，这条路禁止行人通行。到那边去！"司机大声骂道。他看着眼前一大一小的两个女孩惊恐地低头走到轨道对面之后，才回去发车。我想，他心里大概会嘀咕：这小孩真是的，不知道当父母的在干吗！

那个大的当然就是我了。我也是第一次被陌生的伯伯怒骂，整个人都呆住了，连句对不起也没说，只是站在安全的另一边目送电车远去。虽然这是距今将近六十年前的事了，但我仍然记忆犹新。

不过那天我的探险并未因此停止。我再次牵起郁子的手向西

---

[1] 市区电车的昵称。过去电车靠站时，车掌便会摇铃："叮叮，某某站到了"，因此而得名。

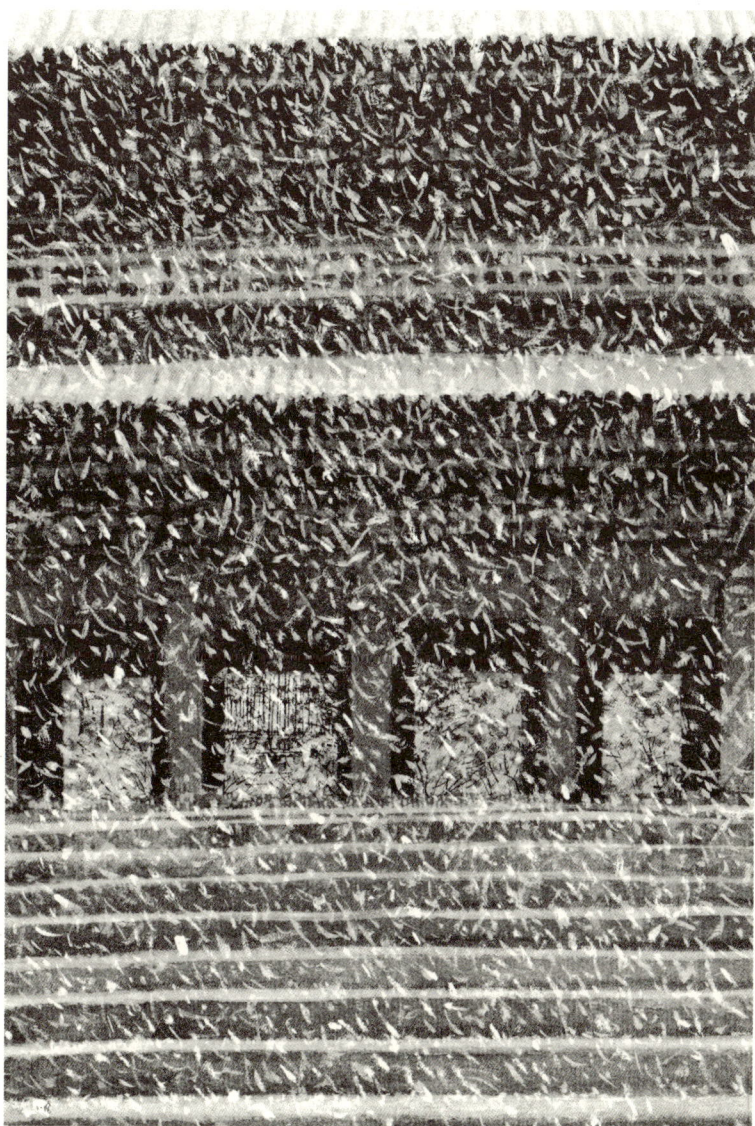

南禅寺庄严的三门前，大雪下个不停。小时候我经常爬上这楼门，仿若石川五右卫门的样子眺望着京都市

走，右转到平安神宫旁边的冈崎公园。在公园玩了一会儿，我选择了与来时不同的走法，悠闲而准确地回到家中。郁子回到丰岛家时太阳都快下山了。黄昏的余晖中，母亲双眉紧蹙，直挺挺地站在厨房门口。我心想可能会被"铙"地敲一下头："你到哪里野去啦？玩到这么晚？"结果母亲不让我进家门，把我关在门外当作惩罚。我呆呆地站在外面，心里很不好受。我想母亲一定向因担心郁子而问到家里找人的丰岛家道歉了吧！

至今我还是很喜欢在这一带乱逛。在京都，不论走到何处都是乐趣十足。这种漫步的习惯主要来自我孩提时期的生活方式吧。总而言之，在南禅寺前后八年的岁月中，我学习到漫步人生的道理。尤其独自漫步，更让我培养出自立的观念。一个人设定目标，环视周围，靠自己的双脚向前迈进；不用人背也不用人抱，就算跌倒、流血也不会哭泣，拍拍沙了站起来继续向前走。发现新天地时的欢欣鼓舞；抑或在不熟悉的道路上，偶然看到植物或小昆虫的惊喜；有时甚至沾到生漆而皮肤发炎，一边叫着"好痒好痒"一边跑回家……这些在外面漫步而得到的乐趣是最棒的。

南禅寺在这方面可说是最佳的地点。后山、排水沟渠，尤其钻过通往蹴上那个既阴森又可怕、被大家称为曼玻的隧道时，内心更是充满了紧张刺激。

最后一项在南禅寺的乐事就是周游寺庙。我时常带着连路都还走不稳的弟弟巡访各个寺庙的堂塔及本殿，而且与一些行脚僧成为好朋友。最好玩的是，庙里经常会请客，嘴馋的我每到这个时候，一定会到各家寺庙去大吃一顿。冬天时大多是酒糟酱汤。不过，还是我家的酒糟酱汤好吃（那是一定的，比起这量多质粗的素酒糟酱汤，母亲可是仔细地用鲫鱼来熬汤头，煮出的酒糟酱汤料多味浓，连小孩子都吃得津津有味）。寺庙做的酱汤很清淡，也没有放小孩子喜欢吃的竹轮，一点都算不上美味。即使如此，从庙里大锅中盛出来的酒糟酱汤，仍能让我兴奋不已。

后来成为南禅寺管长[1]的柴山全庆师父，曾经在他所主持的慈氏院中举办达摩堂的庆典。那时吃的是糯米丸子。我当然也赶快要了一些，还嘴馋地边走边吃起来。连父母也不清楚自家小孩这种白吃白喝的行为，但我还是备着我那品尝美食的天线，灵巧地来去于各个寺庙之间。

现在，南禅寺已成为观光景点，不过，在当时几乎没有所谓的观光客前来参观。除了特别的场合外，寺庙境内总是静悄悄的。我的行动范围在小孩子当中算蛮广的，连三度空间也不放过。之所以这么说，是因为我经常爬上三门的缘故。现在去三门当然要收门票。我也不记得当时需不需要，反正我小时候爬上楼门时没有被任何人责备过。利用免费门票进场的小孩们偶尔会扮起石川五右卫门[2]，还真的可将京都市内的景色尽收眼底。

我也曾厚着脸皮跑到副司先生的家中，完全不管副司先生的名气地位，就是想跟他说说话，在那里吃过"小麦煎饼"后再回家。

有时候我和行脚僧一同游玩。这些夜以继日将辛勤劳动当成修行的人，则会把握短暂的时间，跟在寺庙内徘徊的小孩们说说话，玩玩跳绳。

由于我们住在长老隐居的住所旁边，所以经常见到当时的河野

[1] 在日本佛教、神道教的一宗一派制度中，管理及支配宗派的领导人物。

[2] 丰臣秀吉时代的盗贼。企图盗取秀吉的千鸟香炉失手被捕，最后被处以烹刑。他以擅长高超忍术的大盗形象活跃于传统戏曲中。从京都南禅寺的山门眺望春天景色，是五右卫门在歌舞伎中的标准动作。

雾海长老。他是个很爱干净的人，有次见到他一边骂着行脚僧，一边把自己的后衣捆在腰上开始打扫起来，那时我整个人都看呆了。虽然觉得他是个可怕的老和尚，不过他对小孩说话时还算温和。我们寿岳一家人能迅速住进这儿，可以说是因为长老很喜欢我们这个家庭，对我们颇有好感吧！另一方面，也是因为房客家的小孩老是向他撒娇的缘故。

刚好那个时候，我请母亲帮我换了木屐的底齿，鞋板上的黑点也洗得干干净净，就像新买的木屐一样亮晶晶。那时的小孩跟现在不同，平常自然不会穿布鞋、拖鞋，不论男生女生一律穿着木屐。要占卜明天天气如何，我们就会"咻"地把穿在脚上的木屐往上一踢，依木屐落下的状态来判断，如果木屐翻过来就代表会下雨。至于橡胶底的布鞋好像只能收藏在鞋柜里了。

那天长老看着我的脚，对我说："这木屐真漂亮。"即使经过六十年，我也记得当时自己的回答："我还有更漂亮的呢！"我会这么说是因为那时刚好买了一双可爱的新油漆木屐，每天都高兴地看着它。长老只称赞那双洗干净的，我心里难免有点不是滋味。这是什么应对啊，如果我能更有礼貌地对他说声"谢谢"，那该有多好啊。

南禅寺的岁月随着孩提时代平和且安稳地过去了。我想父母亲在这段日子里相当辛苦吧；当时，父亲和母亲在教一些年轻人学英文，两人大概各教五六个学生！父亲甚至还教过英国的派遣武官日文呢。

多姿多彩的南禅寺岁月

母亲后来教了几个跟我一样就读京都第一女子高中的学生。她始于南座里时代的英文家教实力已提升了不少，其中还有一位女学生就读高等专科。有时母亲去学生家上课，有时则是学生到家里来，因此来往家中的人很多。母亲的一位学生是一间木棉豆腐大批发店的女儿，而父亲则教她的哥哥；他们的母亲为人很客气，有点龅牙，经常来我家拜访。两家的交情不仅止于家教跟雇主的关系，而是家庭与家庭的交流。

这位批发店的女儿是个一看见英文就头痛的人，但是一做起裁缝却废寝忘食，手艺非常灵巧。有很长一段时间，我跟弟弟都是穿着她所缝制的漂亮衣服。有时母亲会带回她亲手制作、十分可爱的法式洋娃娃，然后将娃娃放在已入睡的我的枕头旁边。隔天醒来，我一看到那洋娃娃就兴奋得像要登天似的。

搬到向日町之后，她用富士丝绸做了一件很漂亮的洋装给我（当然一分钱都不用，包括布料费和工钱），白色布料上缀饰着许多红色和蓝色的小圆点，看起来很清爽，宽版的缎带上附有波浪折边，从肩膀绕到腰际在背后打个结。一眼看去很花俏，我记得我穿着那件衣服去学校，农家和商家的小孩见到这么时髦稀奇的衣服，便跟在我身后走；这情景就好像昨天才发生一样。平时我的穿着相当朴素，但是那豆腐店女儿做的衣服却让我绽放光彩。

母亲经常带我到他们家去。在那有着庭院的大房子里我们备受欢迎，玩得非常开心。有个跟我差不多大的女孩，与我十分聊得来。他们家还有当时相当难得一见的钢琴。我最喜欢的是，那家的太太总会送一些我很想要、但母亲从来不买给我的可爱装饰品，比如用铺棉丝绸板做成的袖珍书柜，我十分珍惜地保存了好一段时间。

所谓的京都人家，大概就是这种风格吧！与一般阴沉昏暗的大宅院印象大相径庭的是，那家的父亲还会和孩子一块去滑雪（这在当时是超级时髦的事）。"章子也一起来吧！"他们总是衷心地邀请我。然而母亲是绝对不可能答应的。

父母亲竭尽心力为生活而忙碌，身为孩子的我竟如此幸运，从他们学生的家长那里得到这么多礼物。而父母是多么辛苦啊，尤其是柔弱的母亲，即使在几乎伸手不见五指的漆黑夜色中，冒着被色狼骚扰的危险（曾经有过两次），她还是出门去上家教。

最惨烈的一次事件是，某次，除了我以外，全家人都得了肠胃炎住进京大医院，先是母亲和弟弟，原因是吃了某家百货公司餐厅内受到污染的什锦清汤。他们的病情好不容易稳定下来，同一年，住在大阪、年仅五十八岁的外婆却过世了；父亲后来也随着住院，真是屋漏偏逢连夜雨！父亲的养母，实际上是父亲的姐姐，从兵库县来到家里帮忙料理家务和管理收支，也去探望丧妻的外公。还有多亏女佣的帮忙，总算让我们挨过这段日子。当连父亲也患了肠胃炎时，因为只剩我一人，所以我几乎一直都穿着同一件衣服，袜子也穿破了。母亲总算在11月底出院，那时候我的样子活像个小流浪儿。

即使一身邋遢，我每天仍然精神饱满。那时候我小学二年级，学校要举办同学会，需要一个小朋友表演唱歌跳舞的节目，便决定由二年级的女生表演。该由谁来表演唱歌跳舞呢？负责的老师问班上的孩子。

"很会唱歌跳舞，长得可爱又聪明的是谁啊？"

这要是现在，一定会很快引起大家热烈的讨论和选举。可当时的孩子是那么的天真无邪，并未对老师的选拔方法提出异议。有三四个小孩被提名，不晓得为什么我也是其中之一。竟然要我这长得一点都不可爱的人来唱歌跳舞！于是有位对这方面很擅长的女老师对我展开特别训练，一边唱"秋天的夕阳映着山上的红叶，深深浅浅……"以及"山中的晚霞真寂寥，出来找寻咕咕鸡……"这两首歌，一边跳舞。

指导老师详细教我如何加强手部动作和表情等。后来在女校也有舞蹈课程，我都跳得非常好。我想，这份潜能一定是从那时被启发的。

父亲的生母是个很有意思的人，她自己发明了自成一派的舞蹈。说不定我就是遗传自她。明石那儿有座龙华寺，是父亲亲生的家庭，我们夏天一回去，奶奶就邀我说："章子，来跳舞吧！"

"嗯，跳吧，跳吧！"

因此，我跟奶奶把凳子什么的放在大门附近当作舞台，我随着她怪腔怪调的歌声起舞。家人全笑到抱着肚子欣赏我们的演出。我可是很认真地跳的，从不感到厌烦。

同学会上的表演十分成功。我穿着那穿了又脱、脱了又穿、脏兮兮的麻雀衣跳舞，没有任何失误。表演者还拿到铅笔等奖品。

父亲终于也在12月10日出院。没多久，刚好有个上京都NHK广播节目的机会，当时利用卫星转播的广播电台位于京都车站前的百货公司（现在的近铁百货）楼上。十五、二十分钟的演讲费用，可以拿到百货公司添购新衣。那时上广播节目是很了不得的事，前来迎接的坐车飘扬着NHK旗帜，一家人欢天喜地前往百货公司楼上的广播电台。从玻璃窗外可看见电台内部的情况。父亲好像也拿到将近二十块的演讲费。

不可思议的是，母亲也上了节目，理由跟在南座里教英文的时候一样：因为有钱赚。在当时，女人发表演讲是很少见的！顺带一提，母亲的演讲费好像比父亲少了五块钱，让竭尽心力以"妇女与文化教养"为题演讲的母亲始终忿忿不平："为什么我的酬劳比较少呢？"

父亲在南禅寺来往或师从的人际圈子一直不断扩大，不过平

从南禅寺出发，位于辽阔田野及涓涓小溪后面的东
山高中。当时的校舍是古典的木造建筑

时较常往来的有位于隔壁汤豆腐店"奥丹"一带的听松院旁慈氏院的住持柴山全庆先生，还有住在鹿之谷，当时正在京都大学医学部从事研究的西田久吉先生。因为大家都叫全庆先生阿庆，所以后来即使他成为管长这样的大人物，我们小孩子还是没大没小地叫他阿庆。他是个深受孩子喜爱的好好和尚，相貌十分端正，一看到小孩，总是笑容可掬地点点头。西田先生是我们家重要的家庭医生，当一家人全患上肠胃炎时，他不但帮我们跟京大医院安排好所有事项，还暂时照顾我！西田先生是个温文儒雅的人，寡言且不善辞令，然而他却能一眼看透任何人的本质好坏，特别是小孩子。他们两人的个性迥然不同，但不论是阿庆还是西田先生，都是孩子们的好朋友。

我的南禅寺岁月过得充实而愉快。到了昭和时期，日本历史渐渐变得残暴且令人心生畏惧。昭和初期的日本不久便加快她可憎的沉沦步伐，陷入悲惨的困境。尽管如此，父母亲仍旧精神奕奕地生活着。这对扎扎实实在京都落地生根的年轻夫妇，过着踏实的日子。来到南禅寺的寿岳一家人，通过与各式各样的人交流丰富了心灵世界，工作也初具成就。父亲自费出版的向日庵版 [1] 书籍让他闯出了名声，也可以称作是发迹作品吧。与柳宗先生 [2] 共同努力出版的《布莱克与惠特曼》[3] 杂志，也在南禅寺时代创刊发行。母亲的

---

[1] 作者寿岳章子的父亲寿岳文章为英国文学、书志学的学者，并对和纸有相当研究。其自费出版的书籍便称作向日庵版。

[2] 柳宗悦(1889—1961)，日本民艺运动的创始者。为了保护因工业进步而日益凋零的传统行业，对传统民间手工艺的振兴与提倡不遗余力。

[3] 布莱克(William Blake，1757—1827)，英国诗人与画家，浪漫主义文学代表人物之一，"一沙一世界，一花一天堂"为其著名诗句。惠特曼(Walt Whitman，1819—1892)，美国诗人，歌颂民主精神，赞美人民的劳动，代表作品为《草叶集》。

第一本小说，也是自己的爱情故事《朝》，同样是写自南禅寺时代，在仓田百三先生的《生活者》杂志连载后，由岩波书店出版。父亲也在未满三十岁时，通过这家以光荣社会为理念的书店发行了《威廉·布莱克书志》一书。不因那痊愈之日无法预期的肠胃疾病，以及家里大小琐事而感到气馁，寿岳一家人稳健地唱出生命的赞歌。

我总是无忧无虑的。唯一的苦差事就是从永观堂往北跑腿时，永观堂前的豆腐店有个女孩老是坏心眼地张开双手不让我过去。她真有大姐头的架势，让我很是害怕。

数十年之后，母亲临终前在家里的最后一晚，我跟她一起在浴缸里泡澡，不知为何她对我说："那个豆腐店的坏小孩在哪里啊！"

可见我一贯的牢骚已深留在父母的脑海里了。不过若非她的阻挠，那条跑腿路线倒真是一条让人感到舒适的道路。东山山麓、从南禅寺下方直到山际边缘，有着宽广的田地；还有一条我往上爬没问题，却下不去的小溪谷。加上现在是东山高中、过去则为东山初中的古典木造建筑；以及范围宽广、绿树成荫，环境相当优美的永观堂。东山初中的前面是野村家（某大财阀）的豪宅。再过去一点，有条路可通往若王子，也会经过鹿之谷。接着是住友家的别墅，还有条热闹的小商店街。然后就是我就读的第三锦林小学了。这一带饱含京都风味，美丽且趣味十足。

然而，父亲所景仰的河上博士却因参加激烈的抗争活动被捕入狱；母亲的舅舅和阿姨也因集会牵扯上治安维持法，被关进了拘留所。父亲天天为了这些事到处奔走。

此后，父亲便义无反顾地从赤裸裸的政治世界回到遥远的文学领域，并沉浸在以布莱克为中心的研究领域里。对于一路上支持他的母亲及家人来说，这个转变绝非坏事，日子反而过得更有声有色了！

继肠胃炎的悲惨事件之后，有越来越多搬离南禅寺这个家的理由：父亲的藏书与日俱增，孩子们也渐渐长大，再加上父亲的义弟（在领养父亲的寺庙处所诞生的外甥）为了上学方便，不得不寄住在我们家。最重要的是这个租借来的、南北狭长的房子，采光既差，又有积水等问题，相当不方便，更让体弱多病的母亲情况越来越不乐观。因此也是该考虑下一个住所的时候了。

1933 年（昭和八年）6 月，我们搬到现在所居住的向日町。买了一百坪的土地，借钱盖了房子，就在这里展开了漫长的生活，直到现在。

打从我出生到现在所住的地方，全部位于京都。虽然向日町不在京都市内，不过生活上的各种倚靠依然没有改变，仍旧是京都的感觉。在我六十三岁之前，生活上的重心大抵相同。

向日町是个相当不错的地方，若要跟京都市内相提并论，当然还需要很多条件。虽然它在京都市外，但也可以称作是准市内吧！父亲原本任教于京都市内的龙谷大学，接着到关西学院大学，最后换到甲南大学和兵库县。而我除了在东北帝国大学[1]的三年之外，从女子高中、专修学校，到大学毕业后就读的京都大学旧式研究所，以及之后任教的大学，甚至到退休全都是在京都市内度过。

听说，没有在京都居住超过三代，就不能算是京都人。这么说来我好像没有达到这个标准，尽管如此，我的生活与京都可说是息息相关，而且会一直持续到我不在这世上为止。住在京都的人大多活在与京都浓厚的情感之中。我们一家人从以前到现在，也的的确确和京都结下了不解之缘。

---

[1] 1907 年始建于仙台，"二战"后改制为日本东北大学。

与内藤扫帚店结缘

1978 年夏天是个相当酷热的夏天。汗腺发达的我浑身是汗，但仍旧习惯用快速的步伐，把京阪三条当作目标，快步走在河原町三条南边的人行道上。经过三条小桥，在即将进入大桥时，我稍微看了三条通的对面。不知道为什么，每次一走到这儿，目光就会飘向那里。

整排都是土产店的热闹街上有家很特别的商店，它既无花哨的招牌，也没有费心将店内装潢得新颖入时。玻璃制的陈列柜里摆放着各种精巧的刷子、毛刷等。这些原本是摆放在外头铺着木板的泥土地上的。店内挂着很多扫帚，特别是精致的棕榈扫帚。

没错，这是家扫帚店，店名叫作"内藤利喜松商店"。自从父亲他们定居京都以来，便经常去那里买扫帚。我们几十年来都是用这家店的扫帚来扫地，因此这家店让我很怀念。"老板娘，你在不在啊？"我放慢脚步探头问道。"在啊，在啊！"内藤家的太太穿着黑色洋装坐在榻榻米的木框上。坐在昏暗店内的她身材苗条，质地柔软的黑色衣服看起来很凉爽。每每回想起这家店与我们家的深厚关系，内心总会涌上许多回忆。

除了外出闲逛之外，原本就喜欢将身边事物整理得井井有条的父亲特别喜欢大扫除。

这里有一幅画，是我小学二年级的作品。我并没有特别想要把它记录下来，不过现在一看，确实是呈现出当时家里的样貌，也就是我们家打扫的情景。

画的主角是父亲。画里是南禅寺内六席大的房间，主要是我或弟弟在使用。拿着内藤家扫帚的父亲，在家里总是穿着和服，实际

上还系有挂起和服长袖的带子，但是很难画，所以我就省略了。母亲手里拿着掸子，那掸子也是父亲做的。

现在我几乎全部使用吸尘器，但还是会留下几把扫帚。楼梯下放着三把棕榈扫帚、一把东京扫帚；二楼的储藏室有一把东京扫帚及一把扫楼梯的小扫帚。那棕榈扫帚并不是一般吊挂在"内藤扫帚店"的那种，而是特别定做的。家中扫帚的种类繁多，强壮有力的父亲专用的扫帚上加了很多棕榈子，十分厚实；而柔弱纤细的母亲专用的扫帚，则不需费劲就能够扫得很干净。

制作掸子也是我们家很重要的一项例行公事。唉，不知道已经几年没有再做新的了。我们家经常打扫，因此绵密的掸子没用多久就会变得稀稀疏疏。掸子的材料非软棉布莫属，轻薄有弹性，结实又耐用。用的软棉布是先前就有的。这种布的使用频率非常高，和

(上图) 我家打扫的情景。这是我小学二年级时的作品　　　　　1　我家的居住风情　**47**

服、短外褂、长衬衫、被套、腰带……所有平常穿的衣物全是用软棉布制成。针线包用的也是软棉布。它不沾水的特性，即使是下雨天也不用担心。连装木头量尺的袋子都是软棉布做的。

就算又旧又老，或是被虫蛀了小洞的衣服，我们仍是反复地一穿再穿；不论是百货公司，还是城镇里的绸缎布店中，都摆有很多软棉布。面对那一卷卷的软棉布，我们享受着挑选花样的乐趣：轻轻地将布匹展开，剪下我们所订购的尺寸。花样有小巧的花朵、别致的条纹、小鸟或小狗的可爱图案，千变万化十分丰富。价钱也很公道，是相当平民化的衣料。

我们家有很多软棉布的旧衣服，母亲负责把这些衣服整理收藏起来，等到要做掸子时，再从壁橱里拿出来。先解下破损不堪的旧掸子头，父亲会将母亲撕成一条条的布紧密地集中在一起，黏在竹子的前端，为了避免脱落，最后再紧紧地绑上麻绳。

新制的掸子刚开始会有点重，需费点力气才能挥动。而且那些被撕开的布条还会掉下许多棉絮，虽然有点麻烦，不过只是小事一桩。没多久掸子就变得好用极了，令人感到开心。

我最擅长的是做抹布。我本来就喜欢随意更换毛巾，因此累积了不少旧毛巾。先将毛巾折成三折，再大针脚地缝合起来。柔软一点的毛巾比较好缝合，因为折太多层太厚的话，针反而会穿不过去。不过，就算再怎么喜欢打扫，抹布也不会像纸张消耗得那么快。我目前积存了两百条左右亲手做的抹布。

在母亲身体还算健康、父亲也不像现在手脚这么不灵活的时候，我家的大扫除可说是精彩万分：就是那种"一起来大扫除吧！"的感觉。当全家人铆起劲儿来抹抹擦擦、洗洗刷刷的同时，我总会特别注意父亲带头用力打扫的样子。

战争结束后不久，有一天，父亲到做白衣的店铺去，原来他是要做一件可以套在和服外面、做家务时穿的围裙。因为像这样每天打扫，只挂起袖子的和服还是会弄脏，母亲也经常抱怨，所以父亲才想出这个办法来。

邻居们想必对父亲那身打扮议论纷纷吧！父亲笑说，外头收破烂的对着在篱笆里忽隐忽现的白衣人叫"太太"；母亲则告诉我们，对面那家的小男孩竟然问他母亲说："妈妈，太太是指寿岳家的伯伯吗？"

有位著名的哲学家，不仅不打扫，听说当他在书房闭关时，家人连挥动掸子都不能发出声响，大气也不敢喘一下。母亲一听，马上说我们家可不一样。孩子们绝对无法想象少了父亲身影的打扫光景。所谓的大扫除，正是我们家充满魅力的例行公事之一。父亲总是一副干劲十足、身手矫捷的样子，上半身打着赤膊披上一条大浴巾，下半身穿着一件短衬裤，额头上紧紧缠着布手巾，威风凛凛地出场。住在南禅寺时，连地板都曾全部拆下来立于向阳处，把受到烈日曝晒而翘曲的板子依原状摆回去，再铺好榻榻米时，都已经是晚上了。这件事情，每年大扫除的时候，母亲都会重述一遍：

"真不知道该怎么办才好，我背着小润坐也不是，站也不是。结果检查的警察来了一看（当时会有警察到家中检查大扫除的成果，真是个严厉的时代！），哇，这可真了不得啊！然后马上就走了。他一定认为我们是请人帮忙才弄得这么干净。夏天很晚才天黑，好不容易终于大功告成。你们的爸爸啊，就像金刚大力士一样努力哟！"

这件事大家听得耳朵都快生茧了，不过只要大扫除，还是很期待能听到这个故事。

"好嘛，说说那个故事啦！"仿佛是孩子们在央求母亲说个老故事一般。母亲依旧从容地、笑容满面地说道："这可真不得了啊！怎么把全部的地板都拆下来啦。"

父亲则是一边苦笑一边擦擦汗，静静地听着。

为了方便这项作业，向日町的家中，在建造时就把一部分的地板整齐分割好，因此不会像在南禅寺时那么劳师动众。地板的通风口也做得很完美。

"那情景真是壮观啊。长长的木板一字排开晒太阳，好像木头工厂一样！我这个人很会穷紧张，真是操心死了……我既没力气，背着小润也什么忙都帮不上……"

母亲的往事，现在听起来还是相当有趣。

大扫除用的道具收放在柜子里。用来敲打榻榻米的竹棒并非整支笔直，而是在握把的地方弄得有点弯曲，相当合手。"咻咻"地扫过榻榻米的扫帚、踩着地板的稻秆草鞋，都在柜子里预备着。晒榻榻米的时候，在两片靠立的榻榻米中间会放置约十厘米大小、劈成两半的竹子作为间隔，这些竹子都收纳在一个白铁盒子里。

沿着用粉笔在房间所画出的位置表，铺上报纸、撒上樟脑丸粉末，然后再将晒干的榻榻米镶进去。接下来的步骤十分累人，让父亲的浴巾湿了好几条，那就是将分割成小片的榻榻米席面叠好，并把稍微凹凸不平的榻榻米弄平整。这部分的作业最花时间。长大之后，弟弟担任助手的角色，在小争吵中好不容易完工时，就会有西瓜当作点心。父亲还备齐了用来高挂榻榻米的钩子，这项作业做得相当仔细。

"这种事都没人要做了，只有我们家还会喔！"母亲一方面觉得开心，但还是发牢骚似的说着。

我们家是个乐于打扫的家庭。不管是哪个房间的木板套窗，每星期会固定有一天用掸子将窗棂掸一掸。母亲过世、父亲手脚不方便、弟弟人在东京，因此现在家里的扫除不得不全仰赖我这双手。将木板窗棂掸净的工作仍旧按照过去的习惯进行。像是来媳妇家做客的婆婆一样，我在别人家或是住旅馆，只要见到木板套窗，就会无意识地用手指拂去窗棂上的灰尘，重温一下在家打扫的感觉。

除了一般的湿抹布之外，还有好几条擦干用的抹布。擦拭走廊的、桌上的、橱柜的……分门别类到有点复杂的程度。虽然现在有种花边抹布，不过以前用的全是父亲细心缝制的油抹布。

工欲善其事，必先利其器。要将屋子打扫干净，最重要的就是道具。这也是父母亲的信念。于是，我们家便顺理成章地与内藤家建立了深厚的交情。"内藤扫帚店"内的各种产品，我们家大半都有，除大扫帚之外，还有各式各样非常可爱的棕榈制品，比如很适合用来清扫缝隙的各种专门工具等等。内藤家的产品真的很耐用。而要延长工具的使用寿命，最重要的就是你对待它的心：工具一定要好好爱惜。使用扫帚时也有一定的使用方法。内藤家的扫帚本来就质量优良，加上做得扎实，所以很难像所谓的长柄大刀那样挥动。不过，还是需要用正确的角度扫地。为了不让扫帚磨损的方向不一，扫帚不能拿得太斜或是胡乱搁置，一定要好好地对待它。我家也做了很多把东京扫帚，但是它们的前端已渐渐光秃，沦为屋外专用的扫帚。虽说清扫屋外一般是用竹扫帚或耙子，然而在扫水泥地面或清理水沟的时候，旧的东京扫帚可就相当好用了。就这样，内藤家的扫帚将我们家里里外外打扫得干干净净。

内藤家的老板是个不错的人，他是个虔诚的佛教徒，也是知恩院施主，为人稳健，专心致力于扫帚的制作。不知道现在传到第几代了。前三代的老板曾拿过一把可说相当有来头、在京都博览会上

三条大桥西侧的"内藤利喜松商店"。扫帚
充满着制作者与使用者的爱心及历史

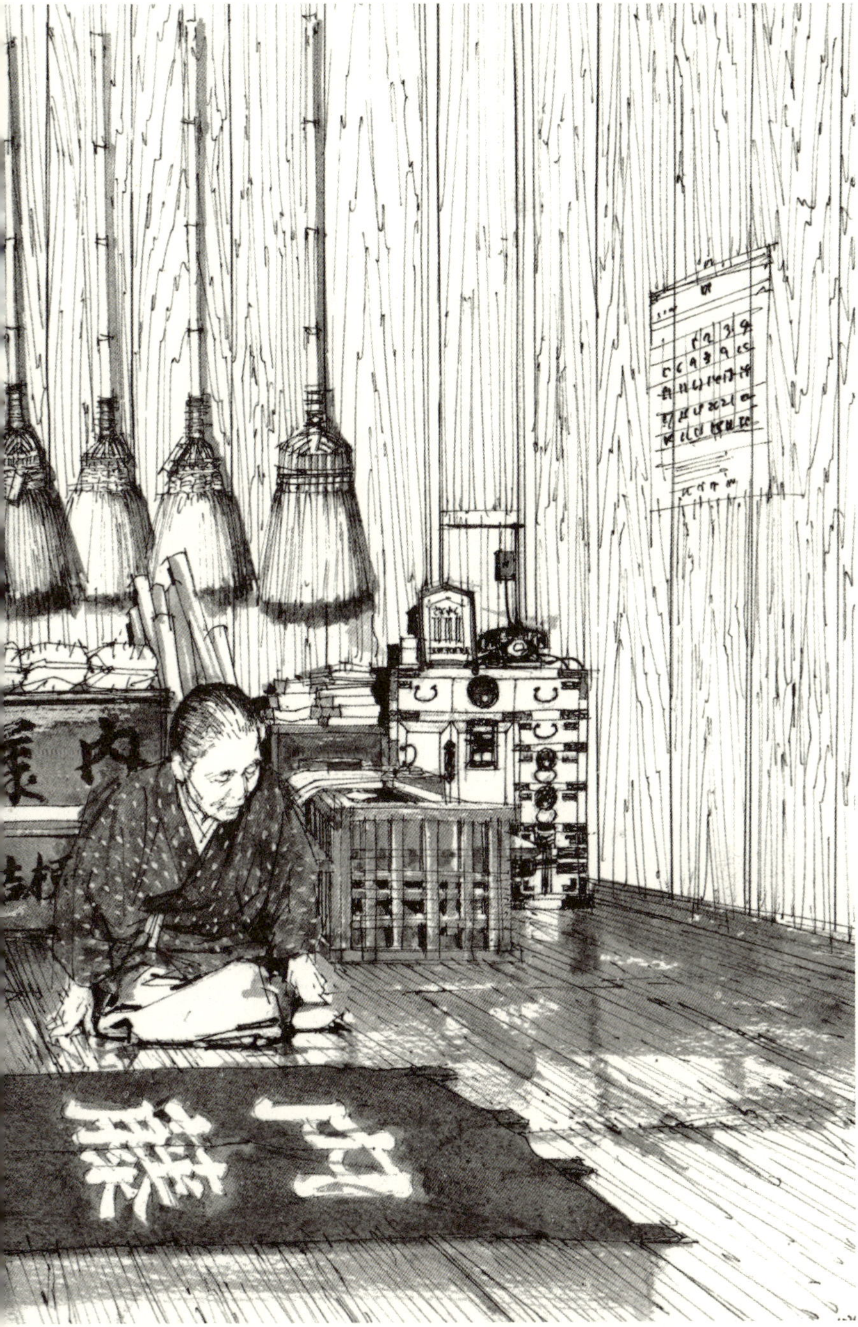

展示过的棕榈扫帚给我看。虽然扫帚在博览会上显得格格不入，但是人们一看到这近百年的扫帚，便能够明白为何它会被拿出来展示了。这把扫帚的握柄比现在的要长，是支一体成形的扫帚。老板让我试着扫扫看，虽然有点沉，不过扫起来的感觉十分奇妙，只要轻轻一挥，就能把那些小纸屑扫出去。以前的人真是太了不起了！扫帚这东西，仔细端详才会发现它的美感。成捆的棕榈或扫帚草，用绳子缝绑成束，这种精心制作出来的物品，既实用又美观。在博览会展示的扫帚真是美极了，制造者的心意实在让人怀念。

如今店铺是由内藤家的太太一手掌管。那位像活佛的伯伯几年前去世了。听说他是在工作了一会儿之后，觉得有点累，便喝了杯茶稍事休息，然后就"咚"的一声倒地而去。他应该算是寿终正寝吧。我们都说像他这样的人一定会到西方极乐世界的。

遗憾的是，扫帚店后继无人，只有老师傅辛勤地不停工作着。一想到再过不久内藤扫帚店也将成为历史的一部分，我的心里就感到无限的凄凉。

听内藤太太说话是件很有趣的事。她是从下京那边嫁到这里来的，为人非常坦率，即使上了年纪还是喜欢跟人聊天，听她说话一点都不会腻烦。京都的女人也分成好几种类型。她说话充满善意，听者无须战战兢兢的，能够很安心地聆听。她完全没有京都女人那种令人讨厌的气息。与中京那边大户人家的女人那种小心谨慎、生怕被抓到小辫子的说话模样完全不同，她是个相当率直、毫不做作、落落大方的人。

已故老板经常参拜的知恩院里，举办有暑期的晓天讲座 [1]，我曾

---

[1] 从早上开始的佛法讲座。弘法结束之后，信众通常会一同享用早斋。

在那儿演讲过。之后，因为用了多年的浴室棕榈踏垫磨坏了，就到扫帚店去买。内藤太太说她听过我的演讲，因而陷入对她先生的回忆思绪中。后来她帮我把踏垫包起来，但无论如何就是不肯收我的钱。那块踏垫编织得极扎实牢固，看来我以后都不必再买踏垫了。如果另外一个世界也有浴室可以用的话，我想带着这块踏垫一起去。

现在回想起来，当时才二十出头的父亲竟能发现这家店，这段已经六十几年的交情，想必就连扫帚也感同身受吧。

清水寺官府御用的"叠三"榻榻米行

接下来谈的是内藤扫帚的清扫对象——榻榻米。听说现在的新房子几乎没有房间是铺榻榻米的了。刚开始，我家的九个房间中有七间铺了榻榻米，不过，其中有两间已经改铺木板了。即使如此，家中还是有二十九席半的榻榻米。而帮我们更换那些榻榻米席面的，就是京都有名的"叠三"榻榻米行。

父亲受到这家店的老板诸多照顾，如今店务由老板的儿子掌管。如先前所说，父亲先到东寺初中当老师，后来再到东寺初中的直升校京都专修学校教书。这份工作除了得到报酬外，实际上还能接触到往来于寺庙的形形色色的人。"叠三"的老板也是其中之一。

刚结婚的年轻英文老师，与京都历史悠久、老字号榻榻米行的壮年老板，居然有了一连串的交集。不知道为什么，他们就是很合得来。京都名刹、神社里的榻榻米几乎都是出自"叠三"师傅之手；我们这小小家中的榻榻米也都由他们负责。从大正末年到现在，长期以来受到"叠三"的照顾。这是何等的幸运啊！

京都的寺院、神社数量多到数都数不清，特别是让前来参拜的人瞠目结舌的大型寺院，比其他任何一个都市都要多！这些寺院都铺着许多榻榻米。众多香客来来往往，榻榻米的网结很快就被压坏，并逐渐磨损，因此更换榻榻米席面是常有的事。当然，单靠"叠三"难以完成大工程的全部作业，这时，他会邀请伙伴来一起进行。

"叠三"几乎不接一般家庭的案子，却经常到我家上工。甚至在战时材料短缺的情况下，也还是想尽办法弄了。另外，为了在门口的"叠三"榻榻米边缘装上书架，必须将两席榻榻米的边缘切去，缩小榻榻米的尺寸，就算是这么麻烦的工作，他也不曾露出不悦的表情。

不久老板过世，由儿子中村三次郎先生继承衣钵。我们家也暂时由我负责家务。第二代之间的相处也很愉快。隔了一年左右，家中某处的榻榻米席面不得不替换。虽然只有五六张，年轻老板也没有一丝的不悦，仍然帮我们处理得很好。我绝对不想把地面全改成木板，不管怎样，还是榻榻米比较好。可以惬意地躺卧、自在地匍匐，虽然姿势不甚美观，但偶尔边吃点豆子什么的（这让我想起煮豆摊）边看自己喜欢的书，真可说是人生最棒的享受了！换成床铺或沙发的话，就会失去那种感觉。把藤编的枕头从壁橱里拿出来，躺在吹着微风的走道上睡个午觉，沉浸在夏日午后的平静气氛中；或者是立刻摊开双陆棋的纸盘，卷起纸牌，托着下巴目不转睛地专注于棋局……日本文化也可说是从榻榻米上孕育而生。这软硬适中的垫子实在太完美了。我们家因为不铺地毯，所以能够实实在在地体会榻榻米的好处。

曾经有一次，父亲那边的亲戚突然一口气来了五位，当时铺榻榻米的房间比现在还多，只要备齐棉被，客人就可以留宿。

据说，桑原武夫先生之所以能将滑雪运动在日本推广得如此成

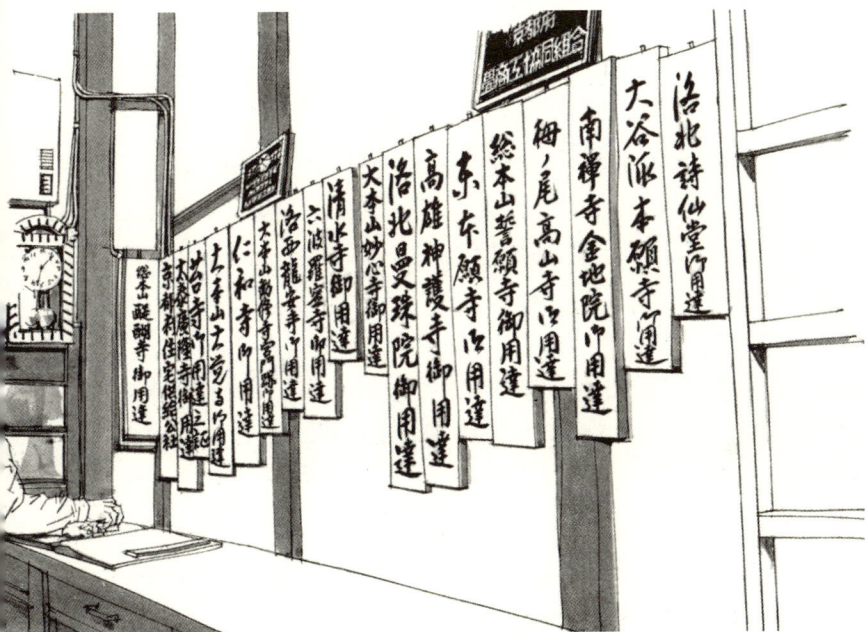

功，完全是因为榻榻米的功劳。在信州及东北地区等地，全家人习惯围着火炉挤在一块睡觉，而这也成为他推广滑雪的原动力。

说到从和室榻榻米所发展出的日本文化，任何人都会察觉两者之间的关联；从这方面去考虑也相当有趣。由此，家庭代工等也跟榻榻米扯上了关系。屋里散了一地的代工材料，有时是线圈，有时是玩偶、扇子、小盒子……一到吃饭时间，或是有客人来访时，便可以迅速将材料推到墙角，用布遮盖起来，假装没有事的样子。总而言之，滑雪和副业都与榻榻米有着不可分割的关系。

以前都是师傅到家里来帮我们换榻榻米。当时不像现在这样

（上图）挂在"叠三"正门的挂牌。这里是个榻榻米王国。京都的寺院没有一间不铺榻榻米的（下京区盐小路通猪熊往西）

车水马龙，再加上我们家位于住宅区的边缘，几乎没什么车辆经过。师傅就在樱花树荫下工作。他先组装起一个像框架的东西，再放入榻榻米、将席面换下，光是看着那娴熟利落、按部就班的动作，心中的烦闷就会一扫而空。接着，师傅以巧妙精湛的手法将边缘密实地缝合起来。完成之后，再一口气将榻榻米扛起，迅速拿进屋内一张张铺上。这时家人们可不会袖手旁观，会很有默契地先铺好报纸。

如果天公作美的话，换一间房的榻榻米席面用不了多少时间，只要一天就能拥有一个散发出清新香气的房间。"太太及榻榻米还是新的好"，这种轻佻的话在我们家是不会有人说的；大家只是在享用晚餐的时候，笑眯眯地说："新榻榻米好舒服哟！"

榻榻米翻面使用也会有全新的感觉。当正面与背面的席面都必须更换的时候，我们总是特别高兴，因为孩子们可以得到旧的榻榻米，拿来当作扮家家酒时的新客厅。

我家的榻榻米地板做得比一般住家的还要坚固些。为了那些出入寺庙的人，做工可不能敷衍了事。大扫除的时候，虽然父亲一个人就抱得动，但他总会叫我们姐弟俩担任搬运工，把家中物品小心翼翼地搬到外面去。不过在战争结束后，弟弟因获得富布赖特奖学金[1]，离开日本赴美留学四年，于是我便成为大扫除时的重要角色。弟弟本来就不喜欢大扫除这种劳动筋骨的事，不用大扫除的他甭提多高兴呢！我这个姐姐老是仗着自己力气大就逞能地说："我可以一个人搬一张"，硬是铆足了劲儿去搬，等到第二天，才发现腰部

---

[1] 由美国前参议员富布赖特（James William Fulbright）提出，美国政府提供的奖学金，目的是通过教育与文化交流来促进美国与世界各国之间的相互了解。

与手肘的肌肉酸进了骨头里去。

　　战争刚结束时，管理人造纤维的大原总一郎先生曾招待我们一家到他京都的家中做客。那是位于北白川旁的宏伟建筑，一座宽敞的日式庭院，是我们家的好几倍大！真是令人叹为观止啊！从正门到客厅的长廊，还有用过饭后，从房子尽头到摆有钢琴的起居室走过的那一大段长廊都铺着许多榻榻米。那些榻榻米踩起来的触感比我们家的还要扎实，丝毫没有不紧密的感觉，让我深切感受到他们富有的程度。

　　我们家虽然不算富有，不过在五十多年前，使用频率很高的起居室地板损坏尤其严重，因此大约在两年前更换榻榻米席面时，便趁机一并换了。如今无论是踩踏或是坐卧，感觉都与大原先生家的地板一样扎实，跟二楼我房间那松松散散的情况大不相同。那时我可是下定决心，才将家中地板重新改装成现在这样的呢。

　　如果要更换榻榻米，打电话到"叠三"去，老板马上就会到家里报到，帮我看看是哪个房间的榻榻米要换。这不单单仅限于生意上的往来。我与父亲都非常喜欢跟这种有手艺的人聊天，只要时间允许，便会在茶室跟他们一边喝茶一边谈天。

　　即便是榻榻米行中的老字号，老板也没有一点架子，相当平易近人，总是告诉我很多有趣的事。老板上次来的时候，还告诉我在清水寺遇见有名的山下家五胞胎[1]的故事。这是个悲伤的故事，清水寺管长大西良庆先生仙逝时，因为山中的人都很重视这件事，所以听说有往来的店家全都赶去帮忙，"叠三"也飞奔而至，结果正

---

[1] 1976年出生于日本鹿儿岛，是日本第一对五胞胎。他们因为故事被拍成纪录片，并在电视上播放而声名大噪。已故的清水寺管长大西良庆为五胞胎命名。

好遇见五胞胎前来向帮他们取名的大西先生告别。

我心想，原来是这样啊！有位朋友的父亲逝世时，我曾到山科小野的随心院去吊丧，上完香悄悄走出门口时，突然有个人叫道："老师！"一看原来是"叠三"的中村先生。碍于场合不能过度喧哗，所以短暂寒暄后我便离开了。经过这次事件，我才知道原来他们都是这样往来于各座寺院帮忙。

战争结束后，榻榻米的世界也理所当然地机械化了。到顾客家工作的情形已不复见。装载着榻榻米的卡车像一阵疾风似的把榻榻米运到工厂；不同于以往的手工缝制，仿若缝制洋装的缝纫机一样，榻榻米被机械"哒哒哒"地缝合。我很想了解机器缝制的过程，于是在好奇心的驱使下，我拜访了桃山的榻榻米工厂。虽说是工厂，但规模并不大，内部兼具仓库与作业场地。然而比起以前榻榻米店铺门口的泥巴地，这里确实宽敞明亮许多。

这一项需要缝制的工作，是将榻榻米缝在地板上，接着再用一种大头针将边缘紧紧缝合。

一般来说，走在京都街道经常可以看见榻榻米行。在我任教的京都府立大学、下鸭一带的商店街，榻榻米行多到不可思议。人们惊讶，怎么会走到哪里，哪里就有榻榻米行。"叠三"的中村先生告诉我，这三百家榻榻米行会集中在这里，是因为那些为数可观的寺院。京都几乎没有战祸（并非未遭到空袭，像京都最繁华的地方也被丢了两次炸弹，损伤相当严重，建筑物被破坏得惨不忍睹），老旧的房子很多，因此榻榻米的需求量也很大。此外，京都是全国学习日本传统艺能最兴盛的地方，每个年代都有许多人致力于茶道、花道。在那些人的世界里，榻榻米是绝对不可缺少的。

说得夸张一些，京都可称是榻榻米之都。从高楼大厦的窗户

"叠三"的工作现场。榻榻米充满生气地生存在现今
的京都里（伏见区深草西浦町）

盐小路上的胶卷行"浅野相机照相馆"。旁边立有一座比萨斜塔。
这也是京都街道上的一幅情景（下京区盐小路通岩上往东）

往下眺望，那绵延不绝的旧银黑色瓦楞是幅相当美丽的风景。另外，在中京、上京一带，某些格局细长的房屋内还建盖了小而典雅的中庭。

那样的房子我拜访过好几次，十分了解房子内部的摆设。虽然有些房间已改为西式，但大部分仍为日式，里面也都铺满了榻榻米。总而言之，京都人是非常爱惜榻榻米的。对于不常使用的房间，为了避免阳光把榻榻米晒坏，会将木板套窗关上。发黄开裂、一副穷酸样的榻榻米，对一个家庭来说是种耻辱，所以京都的女人们总是对家里整齐干净的榻榻米自豪不已。

　　　（上图）西本愿寺正常。除了有像真宗王国那样稳重笃实的美感之外，几何学图案也相当时髦

于是，多得有点离谱的京都榻榻米行也就随之欣欣向荣。

京都下京区、第一饭店的北边，沿着盐小路通稍微向西走，南边就是"叠三"的店铺。父亲年轻时经常前去拜访。房屋的构造几乎跟从前一样，只有一小部分经过修整。以前的作业场地现在变成停车场，然而当车子开走时，当时的情景总会浮现眼前。和新的作业场地对照起来，不禁让人感叹时代真的变了。不过幸好改变的并不是一切，本质仍一如往昔。

各个寺院的"御用达"[1]挂牌挂满了墙壁。似乎京都有名的寺院全部在上头，想到我们家的牌子也混杂其中，虽然高兴但也油然生起莫名的害怕。不过，只要想起"叠三"对我们家跟清水寺是同等对待时，心里就会感到相当安慰。

"叠三"的老板也是出生于滋贺县。京都有很多人是从滋贺县的琵琶湖附近搬来的。从琵琶湖抱着雄心壮志出来闯天下的男人们，在京都或大阪各地落地生根，现在都已事业有成，拥有不错的口碑，成为地道的京都商人。

"叠三"的房子据说是明治初期时建造而成。那一带的土地因为铺造铁路及盖车站，时常有变动。中村家眼看京都大门改变的同时，也牺牲了自家屋舍的发展。"叠三"是京都重要的店铺之一。总之这家店铺并不是靠着绚丽外表引人注目。朴实才是它的特色，而这也是京都真实的一面。

---

[1] 幕府及近代受到政府许可，得以提供用品给皇宫、官府的商家，又称作"御用商人"。提供用品给寺庙的商家也适用此称号。

七条崛川的兴正寺。京都过去很有权力的总本山，再加上这相衬的建筑，为文明十四年（1482年，后土御门天皇年号"文明"）佛光寺十四世经豪所创建的净土真宗兴正寺派的本山（本山是日本佛教用语，指特定宗派内，被赋予特别地位的寺院。依等级不同有总本山、大本山、本山之分。起源于江户时代幕府为管理宗教而推行的本末制度，即各本山必须负责管制其末寺，而幕府对各本山进行统制）

2

我家的服装故事

广受欢迎的惠比寿神社之财神惠比寿

提供我家服饰来源的四条通财神祭

比起居住上的多彩多姿，我家在穿着方面就不那么讲究了。尤其是母亲，她的穿着与其说是朴素，还不如说是简单更为贴切。而父亲由于年轻时生活贫困，所以只要衣服没有破损，又还符合他的眼光，他大概就满意了。

刚搬到京都时被窃走的东西，几乎都已经找回来了；再加上家中的收入大多用来买书，添购新物品的机会根本就少得可怜。然而母亲美丽的脸庞却散发出充满自信的光彩，她绝不是有什么穿什么、马马虎虎的人，就算不花大钱，母亲还是可以打扮得漂漂亮亮。

她会在减价大甩卖的时候去购物，就像是现在的折扣活动。当时京都常举办各式各样的活动。母亲偶尔也会到百货公司去找些质量还不错的便宜货，但不会大肆采购，也几乎不替自己买东西，事实上她是个很有节制的人。大约在进入深秋，即京都有名的财神祭[1]前后，就是好东西大量出清的时节。当时的四条通跟现在不同，有许多不错的店铺，商家们会趁着这段时间把一些库存好货整理出清。对于孩提时代的我来说，财神祭总会让我兴奋得心跳加速。晚上跟着母亲一同走在热闹的四条通上，母亲会买好多东西给我，像是洋装、草鞋、和服等等。现今的四条通跟那个时候完全不同。过去，四条通的服务相当周到，有着京都特别的风格，这些店铺的门面不大，但气氛幽静。店内雅致而用心地

---

[1] 日本七福神中，财神惠比寿的祭典。财神惠比寿会保佑商家财运亨通，京都的财神祭每年在11月20日前后举办。

陈设着优质商品，这是将四条通推上京都第一商店街的一大力量。在财神祭期间，商家们热闹地拉起红白两色的幕帘，许多商品贴上表示折扣的红色标签。

至今我还记得名叫"知更鸟"的洋服店、"越后屋"鞋店等，虽然现在都已经不在了，但它们在当时可都是相当好的店铺呢。"市原筷子铺"至今仍在营业。然而有名的漆器店"三上扬光堂"则和其他老铺一起消失了。

从黄昏开始，火红的灯光便开始吸引人们的心，客人们一波波地涌入，而我也带着兴奋的心情跟母亲一起出门。我只记得搬到向日町之后的事情，那个时候我们会提前把晚饭吃完，搭乘现在的阪急线，从当时新京阪的终点站四条大宫坐着市区电车到大丸百货公

（上图）我的家人。我身上穿的衣服也是在财神祭时买的。这是我小学一年级时的作品

2 我家的服装故事 69

司前，从那里走到河原町四条，一边闲逛一边买东西。

　　记得母亲在"越后屋"买过一双红天鹅绒的草鞋给我，还有小学的时候，在"知更鸟"买了件漂亮的丝绸洋装。母亲很少买洋装给我，所以我觉得"知更鸟"的那件洋装美极了，心里高兴得不得了。让我来介绍一下小学一年级时的自画像。画中我所穿的衣服也是趁着财神祭在"知更鸟"买的。另外，这幅画画的是暑假时我们回父亲老家的情形，但可笑的是，父亲居然穿着冬天的披肩外套。由于父亲的衣服很难画，结果竟然画成了这个模样。

　　在财神祭所买到的商品，多少是因为某些原因才会被拿出来折价售卖，比如说有小瑕疵或有点脏，不过都还能够使用。

　　在京都人的眼里，这种添购衣物的方式是十分穷酸的。我永远也不会忘记，某次在女子学校的裁缝课上，我跟朋友提到财神祭

（上图）北野天满宫。天满宫内供奉着学问之神，能保佑我们顺利入学，许多年轻人群聚在签牌前，祈求考试合格或学业进步

时，有个朋友以非常诧异的表情对我说："咦！章子，你们家会去财神祭那种地方啊？"

我到现在都还记得那个人的名字，她绝不是个心地不好的讨厌鬼。她长得白白胖胖，人品非常好，是我很喜欢的朋友。那时我虽然"嗯"地点了头，但她那过于惊讶的表情，的确让我觉得有点受伤。

正因为她不是那种有心机的人，所以对我家去财神祭这件事，她的惊讶绝不是装出来的。其实，我所就读的京都府第一女子高中是个贵族学校，学生大多是有钱人家的孩子。我曾因同学家住宅的宏伟而感到吃惊，第一次见识到什么叫作豪宅。我想，住在那种豪宅的人是绝对不会去财神祭的，他们买东西的方式应该跟我们家不同。这并不算是奢侈，但他们有可能直接从批发商那里采买，或是让店家的人直接把货品送到家里来。趁着清仓大甩卖时采购物品，却是普通人家的生活智慧。

当然，并不是府立第一女子高中的所有学生都对去财神祭感到不可思议。也有很多同学比我家更为简朴。那些人家必定也会去财神祭吧！总而言之，就在我念女校的这段时间，我了解到这世上有些京都人是跟财神祭无缘的。这应该可以说是让我明白了人生百态吧！

那天回到家之后，我把这件事告诉母亲，她听了有点不太高兴。"那也没什么啊，又不是什么丢人的事！"母亲这么说道。

绉绸、绵绸、丝绸等五颜六色的绸缎

不论母亲还是父亲，平常在家里都是穿和服。不仅如此，除

上七轩的茶馆"藤谷",紧邻西阵区的古老花柳街,
飘散出独树一格的情趣(上京区今出川通七本松往
西的真盛町)

千本释迦堂前的编织材料行"稻垣机业"。这种屋顶
上的陈列馆,唯有在西阵 [1] 这个织物之城才能看到
(上京区七本松通五路下行途中的东柳町)

[1] 位于京都上京区,因 15 世纪末的应仁、文明之乱中,西军置阵于此而得名,是京都的代表性丝织
    物西阵织的生产基地。

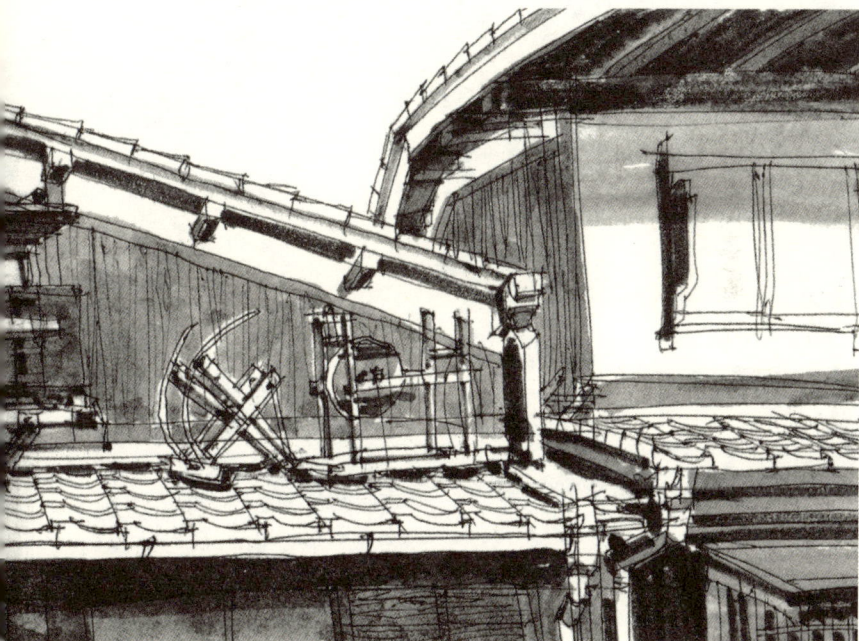

钉拔地藏。寺庙的正式名称是石像寺，
但由于其中供有拔千钉神，因此得名

了去教书以外，出门时也一律穿和服。现在衣橱里还收着当时的和服呢。除了早上穿的晨礼服，还有一些绣有家徽的和服裙裤。另外，还有一套偶尔我会拿出来赞赏一番的华丽麻料和服单衣 [1] 及裙裤。父亲在 1937 年（昭和十二年）获得有栖川宫奖学金，那时他正着手研究当时日本的手抄和纸，而这套华丽的和服就是为了去拜会有栖川宫继承人高松宫家，在高岛屋定做的。除了那次，他再也没穿过。看着这套衣服，有时我会想不如拿去重新修改一下也好。

那样的衣服对父亲来说，已经是奢侈到极点了。父亲的衣服中，还有夏天的浴衣、初夏的毛织品（凉爽的薄羊毛织品），以及大岛绸、久留米的碎白点花纹布（已非穷学生时代的那种便宜碎白点花纹布）、绉绸、结城茧绸等布料所制成的衬衣及单衣。现代的男性和服大部分是毛织品，真正会用到丝绸的非常有限。

若说到母亲的和服，那范围就更多更广了。虽没有刻意讲究，但母亲的和服种类还算繁多。羊毛织品的出现是在战后，然而在那之前已有薄的毛织品和法兰绒的混合织品（在初夏、初秋等季节交替时穿）；夏天是浴衣（不同产地有各种不同的布料，十分有趣），有真冈布、鸣海花布、红梅布（编有小格子的布料），以及绢红梅等。此外还有罗纱（也有分车罗纱等）、罗绉纱、薄绉绸、明石绸、纱等。这些特别细致的纺织品，宛如蜻蜓羽翅般纤细。说到绉纱，在家喻户晓的《水户黄门》电视剧 [2] 中，黄门长老在亮出葵纹印盒

---

[1] 单衣指不加衬里的单件和服。

[2] 水户黄门指的是水户藩第二代藩主德川光国（1628—1701），因官至中纳言（别称"黄门"），故有此称，以推行以儒制藩和宗教改革而闻名。日本 TBS 电视台制作了同名历史电视剧，1969 年开播至今，在日本脍炙人口，讲的是民间流传的水户黄门与下属们微服出巡，在日本各地行侠仗义的故事。

表明身份之前，会先声称自己是越后[1]绉纱批发店的退休老板。某份报纸辟有专门刊登读者有趣投稿的专栏，有位年轻妈妈来稿，她似乎把绉纱批发店当成贩卖吻仔鱼干的店铺了。

看来她连纺织品中的代表——绉纱[2]也不认识吧。绉纱也因产地不同（如京都府的丹后、滋贺县的长滨）而有不同的织法。像是称为鬼绉纱的绉纹就相当的粗，而触感细致的则属法国绸纱风格，还有染有花纹的绉纱。另外还有较厚的绫子料、结城茧绸、蚕丝……说也说不完。作为羽二重、富士绢、甲斐绢、盐濑等纺织品的布材原料，这些被称为绉绸、未经漂染的高级纺织品本身，其实也有各式各样的款式及变形。这期间真可说是日本纺织技术大放异彩的时代吧。

中日战争开战没多久，政府下令禁止使用金、银、漆做装饰的高级纺织品，但在京都还是有人偷偷变卖这些产品。母亲买了几匹，也帮我买了匹和服的长衬里，和一匹漂亮的厚短外褂布料，买的时候还一边念着："其实是我自己想穿，但是太花了点，等你长大一些穿刚好。"那是匹粗绉纹的绉纱，染上很有异国风味的小花样，配有金线的刺绣、土耳其蓝的底色，让我一眼就很中意。

然而这种衣物在那个时代是根本不可能穿的。我真正裁剪好穿上那件短外褂是战争结束，三十岁以后的事。那是匹很好的布料，我一直把它放在衣橱中，却也不见褪色发黄。我五十几岁的时候仍常穿它。慢慢地大家的衣着流行起华丽风，更让我觉得这件衣服是永远都不会过时的。可惜的是，母亲买这匹布的时候还不到四十

---

[1] 日本古地名，约在现今日本新潟县一带。

[2] 表面具有纵向均匀绉纹、质地轻薄的平纹棉织品，触感柔软厚实，纬向则有较好的弹性。

岁，但她却不敢穿。

现在我已经不把它当作短外褂来穿，而是经过重新剪裁做成衬衫，至今仍常常穿在身上。奢华而漂亮的感觉搭配上金色的纽扣简直是最佳组合。即使经过五十年，布料华丽依旧，洋溢着日本织物之美。尤其是它更记载着我家的历史，有种让人不禁怀念起从前的味道。

我也将母亲十分喜欢、有着黑底碎白点花的盐泽绉绸絮了棉花。寒冬，夜深人静，坐在被炉[1] 中工作的我若还觉得冷，就会拿来披着。虽然母亲已经不在世上了，但是那衣服的柔软让我感觉母亲好像仍陪在身旁，相当温暖。

母亲过世后，她所留下的衣物大多送人了。反战妇女在每年12 月 8 日所召开的"守法妇女会"，本来是由母亲担任代表干事，现在则由我负责。母亲去世那年，我将大部分的衣物都送给了与会的妇女们。虽然每套和服、每条腰带都是我对母亲的回忆，但我只留下了两三套，将它们重新裁改成套装或照我的尺寸改小。让我感到不可思议的是，这些衣服几乎只有黑白两色。除此之外母亲还特别喜欢暗红色调，也做了同色的拜访用简式和服。母亲在世时，若觉得年纪大而衣服太过华丽，她就会将它裁改成家居服。这些衣服现在虽然是我在穿，但其实我的年纪远远超过当年十分爱惜却又不敢穿的母亲。想不到现在的社会已愈加崇尚华丽的风格。

绉纱或绉绸等在外出时穿就算很高级了，家居服中稍微好一点的则非绵绸莫属。伊势丝绸可说是个中极品。我曾做过一件变形箭翎花纹的当作外出服，那件衣服穿了几十年，后来被我放在被褥

---

[1] 日式家具。一种四周围着棉被，下方附有暖炉的茶几。

旁。这种成套和服因为是直线剪裁，所以只要缝补一下就可以变化出各种样式，来满足不同的需要。

绵绸是种厚实且最坚韧的纺织品，因此在战争时被用来制作外出用的上衣以及扎腿式的劳动服。我也做了一件，当时是在东北帝国大学，我在仙台市郊外的陆军造兵厂上课，这件劳动服穿了半年左右。

好不容易等到战争结束，我才亲手做了一套蝴蝶结花样，绘有鲜亮花朵的天蓝色绵绸洋装。那是一块连笨手笨脚的我都能在上面完成精细手工的结实绵绸布料。现在回想起来，那天蓝色的绵绸是母亲买来给我当作上裁缝课制作短外褂的材料。

我原本跟母亲要了和服的布料当材料，但由于布料过硬而弄破了一面，让我大伤脑筋。因刮刀不利，所以怎么缝都不牢固。老师也很同情我，并向我表示那种布料确实非常难缝制。我对母亲说了很多埋怨的话，之后她为了弥补我，虽然那时的物资十分匮乏，仍买了如此鲜艳的绵绸给我。

母亲在春天的工作

日本优良的纺织品可以发挥多种用途，因为这一优点，日本妇女相当忙碌。我的母亲在书桌前摊开稿纸写东西的时间不算少，但是她在家事方面却也丝毫不马虎。虽说打扫工作是由父亲或跟小孩子们一起完成，不过在服饰方面，她却花了相当多的时间。这也显示出，当时日本妇女们在这方面的技术都十分精湛。

漫漫长冬过去了，从春天到初夏，嫩芽绿叶散发着绚丽的光彩，也该是换上轻薄毛织品的时候了。这时母亲会格外忙碌。她

（右页图）上立卖本妙院的松树。墙壁造就了如此的景观，仿佛超现实的画作

会把衬衣的两面拆开，先剪开正面，接成接近原本布匹的样子再缝合，然后绷上竹签。当时做这些事，并不必去向别人说明我们在做什么，但是物换星移，现在已没有人知道这些了。等到恢复成原来一匹布时，便在布两端插上针，这时需要可以夹住固定的树木作为辅助工具。我家的做法是在路边的两株樱花树上分别捆住布的一端，接着用一种叫绷竹签的细竹棒子，每隔五到七八厘米就插入一支竹签，让本来松垮的布匹变得挺直，再将事先融化的海萝

位于乌丸上立卖的相国寺。在京都的大小寺院中,
拥有身为禅宗本山的崇高地位,是临济宗相国寺派
的大本山

上立卖妙显寺的神社。妙显寺是京都最早的
日莲宗寺院（上京区寺之内通新町西）

糨糊倒在布匹上。布匹会因为液体重量从中间部分下沉，此时必须尽快将布匹拉高、拉紧到近似水平的状态。不用多久，初夏耀眼的阳光会将糨糊晒干，之后从布匹的下方把竹签一支支抽出。布料就不再松松垮垮，而是变得平坦且方便折叠。最后将缝合的部分拆开，恢复本来袖子、前胸后背、领子以及带子等零件部分。

另一方面，上衣里子或是和服下摆里布等的反面，还要平铺在浸有海萝糨糊的板子上晒干。糨糊风干后，将它"刺啦"地撕下来非常有趣。

姐姐的白头巾在绿叶丛中若隐若现，母亲则辛勤地工作着。我放学回来，在家门口的转角就可以看到母亲的身影。跑回家将书包放在厨房，校服也没换就去帮忙将那些竹签棒拆下来。一边和母亲聊天，一边把竹签棒一支支拆下是件非常快乐的工作。如果是假日，我会从早上开始帮忙。绷竹签也是我最喜欢的事情。

拆下来的竹签棒要放入水槽。呈弓状弯曲的竹签棒，要几个小时才会恢复笔直。如果这个后续工作没有做好，那么将洗完缩水了的布料撑平的效果就会变差。

母亲绷了好几匹的布。当然那些高级外出服比较不需要重新缝制，但一般的衣服可全部都得改头换面。绷竹签最怕的就是遇到骤雨，要是忽然阴天的话也很麻烦，得先将捆在树木两侧的布解开，把半干的布料两端稍微卷一下再放到浴室，等到天气好的时候再拿出去晒。要是真的遇到下大雨，就会听到"哇！惨了，这下麻烦了"的惨叫声，接着就会看见大家慌慌张张地跑出去收拾。这也算是另一个有趣的画面吧。

连着晒好几匹布后，母亲埋首缝纫的日子随之而来。这幅情景是现代家庭绝对看不到的。工作了一会儿，母亲会借着翻译《小妇

紫野大德寺的围墙。大德寺是在
临济宗大德寺派的大本山

人》(*Little Woman*)或 *Far Away and Long Ago*[1] 来转换心情，稍作休息后再继续缝制。母亲总是将自己打扮整齐，工作场所也保持干净整洁。和服的缝制是非常辛苦的。装和服用的折线厚包装纸、裁缝压印台、熨斗等就放在身旁，母亲埋头努力缝着。速度再快，起码也要一个月才能完成。工作的同时，母亲会顺便教一个在我们家帮佣过的太太做针线活。

缝纫地点是在家中的茶室，我永远忘不了母亲面向南面窗户缝制和服的背影。同样的背影也出现在茶室旁那间六席大、母亲用来工作的书房中；她在那间书房做翻译，或是替父亲沉迷其中、自费出版的向日庵版布莱克诗集《天真之歌》(*Songs of Innocence*) 及《经验之歌》(*Songs of Experience*) 的珂罗版 [2] 上色。

在母亲缝制和服的时候，我们还能轻松自在地聊聊天；但她若是在书房工作，我放学回来就只能跟她说几句话，然后看着她那严肃认真的背影来打发时间。

总而言之，我家的家风就是勤奋、认真地生活。这从父母亲一年当中的服饰就能明白，并从母亲的工作成果得到证实。特别高级的和服会交由专门师傅负责，但绵绸以下则全出自母亲的双手。

战争结束后，人们的服饰发生了很大的变化。接着，就难以见到和服浆洗后绷晒的情景了。过去，我因为怀疑在市中心这么小的地方能否绷竹签而卖掉了那些工具，结果后来变成用类似车

[1] *Far Away and Long Ago* 是阿根廷作家哈德逊（W.H. Hudson，1841—1922）的作品，叙述作者少年时期在南美洲的经历。哈德逊擅长描写人类与自然的关系。
[2] 又称玻璃版，是照相平版印刷工艺的一种。这种方法能显示出精美纤细的油墨效果，使原稿的层次、色彩真实而逼真地反映出来。

子代替树，并用圆规的针来代替竹签。现今的和服大多是毛织品，只要洗一洗就可以了，不需经过绷晒。这样虽然很方便，但现在每当我帮父亲整理和服时，总会想起以前每年重新缝制的衣服是绝不会脱线的，毕竟都是用新线缝制而成。虽然衣服一洗就会变干净，却因缝得不牢固而经常脱线，因为这样而来的修补工作简直是我眼前的噩梦。

舍去衬里换上毛织品的人，接下来也把和服换成了西服洋装，这让和服生产量第一的京都感到悲哀。和服曾经是日本的季节象征，也就这样逐渐消逝。然而在母亲那个年代，妇女们为家人所穿的和服而竭尽心力工作的模样，至今仍完整而清晰地停留在我的脑海中。

重新漂染、缝制外出和服

母亲也十分用心保存外出用和服，总会在适当的时候送去重染。现在京都的街角仍可见到染坊的身影，玻璃橱窗上整齐摆放着约三十厘米宽、染成各种花样的布料。每次一看到染坊，就算我并未拿布料去染，也会站在店前看得浑然忘我，感到格外的怀念。我在年幼以及住在南禅寺的日子里，也常常跟母亲一起去染坊。那染坊在哪里我已经想不起来了，就算现在从南禅寺走到冈崎这一带我也认不出来，只记得路上有台水车。

到了染坊后，母亲会坐在榻榻米的木框上说道："这件和服（或短外褂）的花样已经穿到有点褪色，我想差不多该拿来重染了。有没有适合的小花纹样式呢？"

依据客人的要求，老板选出两三匹附有卷标的样本。

"这个怎么样？是最新的花样喔！"一边说着，一边灵巧地把卷成一捆的布料摊开。

"啊！这个不错，让我看一下吧！"母亲的话让老板不停摊开布料的手停下来。她仔细端详起布料的花样，那匹布料的旁边也有一匹还不错的，所以她有点犹豫。

决定花样后，母亲就把要染的衣服交给老板。染坊（也称为洗染店）会将衣服拆开、绷晒，再漂染得漂漂亮亮，还会顺便裁缝好，不用多久就会送回来，或是由我们自己去拿。母亲的穿着虽然朴实，但由于她很懂得利用染坊，所以总是打扮得很漂亮。我的衣服也一样，在我长大后也经常送到染坊重染。除此之外，有时候买了白色的布料也会请他们染成我喜欢的花样。布料经过多次漂染后，会因为质地变差而无法顺利染透，再加上深色的布料本来就不易脱色，因此怎么染都染不出想要的样子。于是，经常会有"哎呀！怎么会变成这样！"的结果出现。

在这方面，白色的布料可是主角。不过染坊师傅的技巧也很重要，这样才能染出漂亮的布匹。

现在想想，那时还真是奢侈呢。明明无须花什么钱就可以买到染好的成品，但我们却要定做、漂染什么的。其他女人应该很少有这么幸福的吧！受到母亲的影响，几乎都是穿洋装的我长大后也开始积极地造访染坊。

搬到向日町之后，我家也经常光顾向日町的洗染店。高级小学（也就是在结束小学六年的义务教育之后，为不去或是不能就读男、女校中学的孩子们所设置的两年制学校）旁那条狭窄的小路上，有间旧式的住宅，小路的一端总是绷晒着随风飘曳的布匹。有时候我会和母亲去那家染坊。那时候我已经十岁了，虽然还是个小孩，但

厚土仓库（外围墙壁上涂了厚厚一层泥土或石灰的
仓库）的各式窗户，每一种窗户都各有不同的感
觉。这是在市中心发现的厚土仓库墙壁及窗户

母亲还是请师傅染了一件漂亮的友禅[1]给我——黑紫色的布料上染有优雅的花朵纹样。

战争结束后，百货公司内的漂染部门生意变得相当兴隆。现在已经没有人会在百货公司漂染布料了吧！但在那个连布料都不好卖的战争时代，大家很少会去重新漂染布料。等到战争结束恢复和平后，路上再也见不到穿着扎腿式劳动服的妇女，新的漂染商品让人兴奋不已。我跟母亲一同前往大丸百货公司，决定做件外套，还挑了非常漂亮的花样：在淡茶色带点深红色的布料上，白色和黄色的地榆形成藤蔓的条纹。我相当喜欢这种在秋天才有的地榆，因此对那素雅的图案爱不释手。还记得店员一开口就说："太太穿的话，看起来太艳丽了！"知道是我要穿之后，便又改口说："这样的话好像太朴素了。"

虽然花样很不错，但战后的染料不太好，所以染得并不是很漂亮。那件外套后来被我用另一种质量较佳的染料染上波浪形的花样，到今天都还在穿呢。

母亲晚年在向日町的日子，都是拜托一位住在京都市中心的朋友来漂染衣物；我们一直都是请这位朋友帮忙购买新布匹、漂染，直至母亲过世为止。并不是那位朋友亲手帮我们做漂染，而是他认识一位手艺很好的漂染师傅，所以能完美地帮母亲漂染出她喜爱的花样。其中有几件我现在也拿来当和服穿。不仅仅是母亲，我自己也请他染了一些，而且我还利用和服的布料做了几件长洋装和套装。那位朋友不久前生了病，现在已经不在人世了，不过当时受到

---

[1] 友禅染是一种日本特有的传统印染工艺，先用丝目糊在布料上如绘画般手绘出纹样，再进行印染，其工序复杂繁多，成品绚烂豪华，是日本手工艺的奢侈品。

他太太很多照顾，所以后来我又做了件长洋装。

1987年3月，我从任教三十六年的大学退休，并精心策划了一场有点与众不同的聚会，在聚会后半场我穿着一件洋装出来迎客。只可惜母亲已不在世上了，如果她还健在的话，一定会眯起眼睛夸我说："真漂亮啊！"这件洋装用的是甜美柔和的暗红色布料，下摆点缀着两三朵蝴蝶兰的图案。这衣服看来价格不菲，但凭着我们之间的深厚交情，那家染坊的太太把它送给了我。大概是为了抒发情感吧，连缝制的师傅也倾注了全力，就连手拙的我，在当时也微微感受到那股愉悦的心情。

的确，一旦身处京都，很奇妙地就会想利用和服布料做洋装。战争结束后，本来就不容易买到各种布料，于是我迷上了用母亲的旧绉纱改做衣服。说到这儿，就想起我从东北大学毕业时，跟一些女同学合拍的照片，照片中我所穿的礼服，就是母亲结婚前穿过的短外褂。二十岁的年纪穿上母亲的和服，在当时应该是相当朴素的，但那衣服的花样却时髦极了，很有洋装的味道。在全黑的布料上飞舞着如同油画般的白色花样；我十分中意那款花纹，便央求母亲让我把它改成连身洋装。我老是在打量如何好好利用父亲的僧衣，后来我将有棱纹的上等白丝绸做成裙头，总之，这在当时可算是很别致的。在大学教书之后，我又把它改成了无袖连衣裙。丝绸料的无袖连衣裙是很罕见的，穿起来极为舒服，而且还很耐穿。

那件短外褂原本的样子还保留在相本里。照片中，美丽的母亲极其艳丽的身影看起来不像只有二十岁，柔和的黑白色丝绸与纤瘦的母亲十分相衬，好像是戏剧里的某个停格画面。我想若是没有这件令人怀念的和服，自己也不会陷入那久远的记忆当中了。

比起女人，男人的服饰就显得简朴许多。然而我却无法忘怀父亲所穿的羊毛衣。父亲常与柳宗悦先生一起工作，因此我家的诸多生活方式也跟着趋近于民间艺术。尽管如此，羊毛衣却在家中流行了好一阵子，不仅仅是父亲，连一起工作的年轻人也都穿着羊毛衣。父亲后来与当时在大阪领事馆工作的英国外交官比尔察先生成为莫逆之交。战后，担任驻日大使的比尔察先生来到日本，送给父亲做羊毛外套的布料等。那布料跟大阪民间工艺馆在战争结束约十年后，从英国进口的材质完全不同，是件怪异的日本制羊毛衣。我至今还忘不了父亲穿着那羊毛外套的模样；不太讨喜的黄褐色，格外显眼。那时候父亲患了伤寒，身形十分臃肿，庞大的身躯让那不可思议的羊毛衣更加醒目，就如同民间工艺党的标志一般，真是相当特异的打扮。

最具京都风味的草鞋和木屐

一旦穿上和服，脚上踩的当然是草鞋或木屐。尤其女性的衣服大多是和服，街上也就林立着许多木屐店。日式鞋店在京都比比皆是，比较有名的是河原町或四条通那边的"丸竹"及"伊与忠"。还有我所居住的南座附近的"田中屋"和"美之忠"。这些店由于开在祇园附近，至今仍旧屹立不倒。虽然如此，他们也无法单靠卖鞋子维生，不得不增售一些小配件，以及袋子、拖鞋、凉鞋及室内拖鞋等。

我家在战后很喜欢去新京极旁花游小路上的"雁屋"买鞋子。这间鞋店由一对老夫妇所经营，老板亲自坐镇店里，帮木屐穿鞋带。我的脚很大，为了不让脚趾超出鞋板，老板会帮我把鞋板做得

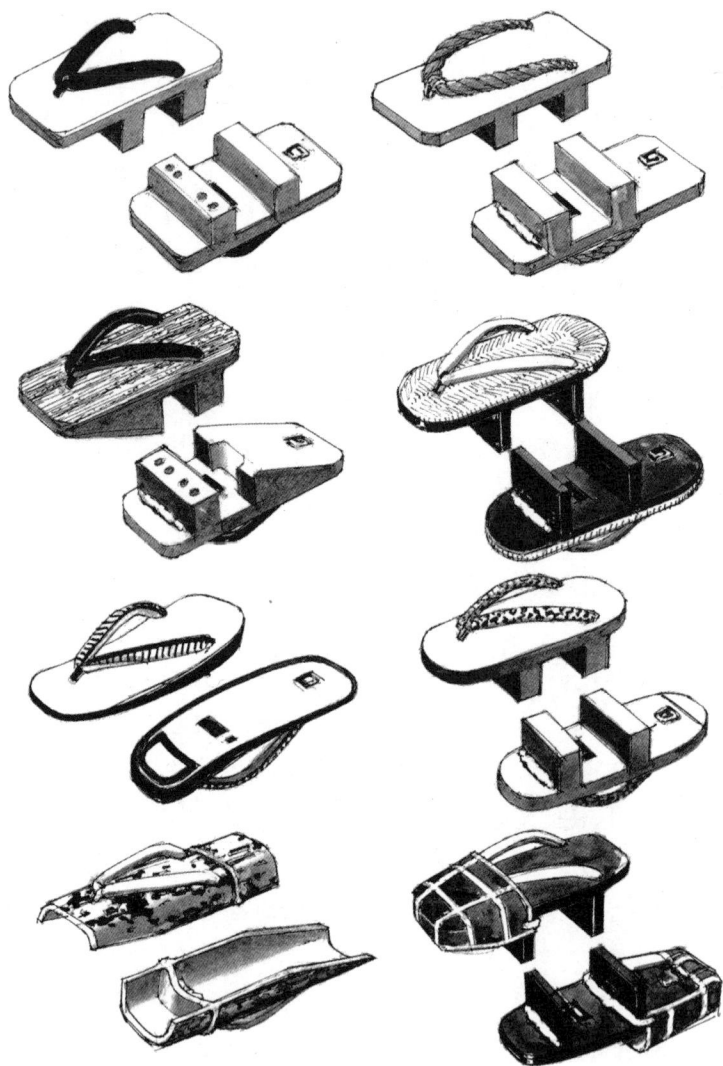

京都的鞋子。它代表着日本人对脚的用心。有男人的、女人的、小孩穿的。 桐木屐或是漆料木屐、防泥水套木屐等，不管是哪一种都很有京都的味道

稍微大一点。就在考虑着鞋板要搭配哪种鞋带的同时，草鞋和木屐也一一完成了。现在想想还真是奢侈啊，因为这可比普通鞋子精致多了。母亲跟我不同，有双三寸金莲的她总是请老板将鞋带扎紧些，按照脚背来调整鞋带的松紧程度。可惜那家"雁屋"也关门大吉了，紧闭的窗户上还写着店名。母亲离世，我也不再和"雁屋"的老夫妇见面，真让人感到无限孤寂啊！

最近由于生意不好、后继无人而关门的鞋店很多。店家正逐渐消失，一切似乎都在蜕变中。过去真的是热闹非凡，草鞋的料子种类繁多，还会用上皮革、榻榻米垫、法兰绒、过年用的丝绸等材质。

木屐的世界同样非常丰富，比如低齿木屐、利久木

通过祇园住宅的小巷子。小巷子总给人一种被寂寞
包围的感觉，然而京都的巷道却散发出一股令人怀
念的神秘气氛

"岩波"的中庭散发出京都人细腻的气息

屐[1]等等。涂上白木果油的雨天专用高齿木屐外头可以套上相配的防泥水套。若是底齿磨秃的话，到处都有更换木屐底齿的店铺可以修理。穿着长雨衣的女人斜撑着蛇木纹雨伞，穿着刚换上崭新底齿的木屐在雨中行走，发出"咔咔"的声音，散发出无与伦比的优雅美感。母亲也经常以同样的打扮走在街上。这番景致真是难以用笔墨形容啊，就像一幅增一笔嫌太多、减一笔则太少的好画。

"雁屋"关门之后，我就不太穿木屐了，不过还是会光顾有老交情的"田中屋"。虽说我和花街柳巷没什么缘分，但为了长久之计，还是偶尔会到那边去叙叙旧，挑选些东西。京都应该是世界上木屐、草鞋使用量最高的都市吧！虽然男人穿的、后跟有钉的竹皮草鞋等的需求量还是不少，但不能否认的是，整体而言确实是在衰退当中。

父亲有很长一段时间热爱用樱花木制成的木屐。几乎买不到合适尺码的大脚父亲（我也得到了他的真传）特地定做了一双大而耐用的木屐，放在玄关前。过去男人穿和服外出的机会颇多，因此父亲的木屐在我们家的存在是不容忽略的。而大号的雨天木屐也套上黑色的防泥水套；反正母亲的高齿木屐我穿不了，所以我总是满心欢喜地盼望着能向父亲借穿那十一文（26厘米）大的雨天木屐。另外，系有棕榈鞋带的庭院用木屐也相当的坚固。它摆放在踏脚石上的那幅情景真叫我怀念。那种木屐现在没有卖了，似乎应该作首挽歌来纪念它。

并不单单是穿和服而已，脚上的鞋子、袜子也都很重要。战

---

[1] 分别制作鞋面和底齿，再加以拼合而成的木屐，适合雨刚停时使用。由于走起路来别有一番风情，因此在关东被称为"日和木屐"，在关西一带则被称作"利久木屐"。

争时很难买到丝袜，幸运的是，父亲会从神户那边的某个公司买到用丝与木棉合成质料做的丝袜，应该是给外国人穿的，十分坚固耐用。能够买到丝袜真是让人高兴！它耐用到有次我摔了一大跤，膝盖都流血了，仍没有丝毫破损。父亲就是有这种能耐，即使在那个物资缺乏的年代，依旧能在京都、大阪、神户这三个城市的某处找到些新奇的东西。

3

我家的饮食生活

京都的特产千层腌菜和腌酸萝卜

我家的饮食经

虽然对南座里时代几乎没什么记忆，不过自从搬到南禅寺后，我们家在饮食方面的精致丰富是穿衣打扮方面无法比拟的。我的双亲并非生性奢华，但他们对饮食却非常讲究，甚至可以说，"如何吃"这件事本身就表现出寿岳家的生活精神。

我就读女校时期的日记里，经常会提到餐桌上的逸事，许多热闹有趣的事情都是在饭桌上发生的。餐桌现在已经改成炭炉矮桌的形式。以前那间六席榻榻米大的房间里，壁橱就占了半席的空间；剩下五席半的空间，我们就在房间正中央的半席榻榻米摆了一张矮饭桌。那是搬去向日市后才买的大号矮桌，和前一个餐桌同样是折叠式的，但是我们并不曾把它收起来，就那样一直摆放在房间正中央。这张餐桌就像是我们家的精神象征。

不论是吃饭还是喝茶，全家人都会聚集在这张餐桌周围，开心地谈天说地。而现在，这个地方仍然是我撰写稿件的重要场所（家里其他地方也有可以写字读书的桌子——和式、西式的都有，但桌面上几乎堆满了书本、纸张等物品，所以目前父亲和我可以提笔写字的地方就只剩这里了）。

大战过后，常常来家里走动的木工告诉我们，他那里有一张质地不错的二手炭炉矮桌，问我们要不要，因为这个提议，我们家的桌子终于也换成可以取暖的炭炉矮桌。这张桌子的质量真的很好，虽然这么说有点失礼，但是跟别人家里的比较之下，真的觉得别人家的矮桌不太坚固。我家桌子的四个角各用两支桌腿支撑着，所以非常稳固。现在，父亲的腿变得不太方便，无法顺利地自己站起身来，每次都要将全身的重量放在桌上后，才能费劲地起身；而家里那张炭炉矮桌，坚固到可以承受父亲这样的动作。别家土木工程店的木工们也常来家里研究那张桌子，一边用手摸着，一边赞叹这件作品的完美。添装炉火的容器是一个大型的火盆，外头小心谨慎地涂抹上一层水泥，竹苇席也是精心制作而成，炉子上设计了一个方格盖，所以灰烬不会飞得到处都是。

我家最令人称奇的，是我们至今仍使用火盆来烧木炭、煤球等。我们把木炭和软性炭混着用，也用煤球来生暖炉的火，而剩下的碎煤块也会放进灰里。当然家里还是会用煤气炉、电暖炉等用品，但是每当天气转寒时，我们最常用的还是火盆。那个火盆是从已故的滨田庄司先生[1]那里拿来的，是益子制的茶色系传统艺术品[2]。生火是父亲的拿手绝活，只要将前一天晚上埋入灰烬里的火种稍微翻弄一下，然后添加少许的木炭，没过多久黑炭就会慢慢烧红，热水壶也跟着发出沸腾的响声。身边有火堆燃烧的感觉真的很温暖，所以我们常生火来烧烤各种食材。吐司面包是一定会有的，其他还有年糕、鱼干等。当然有许多炒制的小菜必须在厨房料理，但是酒渍河豚、小鱼干等零嘴，我们全都是用餐厅的火盆烤出来的。孩子们总是围绕在母亲身旁，排队等待母亲料理出香喷喷的点心。"喂，烤好了！还很烫，要小心点。"我们总是会将热腾腾的点心放在手掌心，边喊烫边用手左右抛换，噘起嘴来"呼呼"吹凉后，再吃下那香软的美味。

---

[1] 1894—1978 年，日本陶艺家。与河井、柳共同发起民间工艺运动，1968 年获颁文化勋章，并被指定为日本的"人间国宝"。

[2] 益子町是日本栃木县芳贺郡的一町，这里出产的陶器"益子烧"是其国家指定传统工艺品，在日本非常有名。

我们也常常烤海苔。火盆放上网子，将海苔折成两半后，拿着海苔的一端，贴靠在网子上翻烤。那种烤过的香气真是无与伦比。

　　在我们烧烤过的各种食材中，最有趣的是从日本西部流传来的日常小点心，一种俗称"骨头"的糕点。这种糕点外形似骨头，放在网上用中小火烧烤，再用筷子轻轻碰一下，就会慢慢膨胀成漂亮的形状，大概会胀到原来的两倍大。如果用筷子戳个一两下，还会膨胀得更大。虽然这只是用砂糖和糯米粉糅合而成的简单食品，却是非常令人怀念的乡土糕点。

　　母亲喜欢的是酒糟。幸运的是，在大战期间仍会有人送酒糟给我们，可以勉强做出一顿简单的午餐。将酒糟分成适当的大小后再拿去烤，稍微烤焦后，就会飘出浓醇的酒香味。接着再直接拿到火上烤一下，将酒糟烤得像湿亮的软仙贝一样，然后撒上白砂糖对折就可以吃了。有时候，也会涂上蜂蜜食用。放在嘴里慢慢咀嚼，一阵热烫的口感伴随着混在酒香中的砂糖甜味慢慢散开来，真是好吃得难以言喻。战争期间几乎没有砂糖，我们通常只撒一点点储存起来的糖，或是不加糖直接吃烧烤后的酒糟，这在当时粮食缺乏的年代，可是非常珍贵的食物。

　　酒糟也可以拿来做甜酒，此外我们还常用它煮父亲最喜欢的酒糟酱汤。这料理和我曾经在南禅寺筵席上吃过的酒糟酱汤不一样，在多到几乎要满出来的汤料中，我们会加入大块的鲥鱼肉，或是切成骰子状的咸鲑鱼，这些都是寺里不会有的，而这样的料理尤其得到父亲的喜爱。当父亲还年轻健壮的时候，一次可以吃下好几碗的酒糟酱汤，孩子们再怎么能吃，顶多也只能吃两碗。在当时，酒糟酱汤对我们来说就是冬季的"应景诗"。

我们也常拿变硬的今川烧[1]在火盆上加热。稍微烤焦的今川烧比刚做好的还要美味。

我家有许多料理都是这样用火盆烤出来的。一有香味传出，父亲就会边从书房走出来边喊着："煮什么东西？算我一份吧！"这个时候就是全家人的欢笑时光。边吃边聊，聊完了又继续吃。说起来我们家人真的很爱吃。但通常吃最多的总是父亲和跟他性格相似的我，母亲吃得不多，而弟弟虽然还蛮能吃的，却还是不及我们两人。总而言之，我们确实是热爱美食的家族。

关于要不要在家吃饭这件事，如果说好在家吃饭，就绝对要遵守约定，这在我们家可是铁的纪律。一次，父亲偶尔和久未联络的好友碰面，跟朋友一起吃过晚饭才回来，这对世上的男人来说，并没有什么大不了的。不过，先让孩子们吃饱饭，自己却空着肚子等待父亲回家的母亲，可对父亲发了好大一顿脾气，几乎生了一整夜的气。虽然父亲道歉了，但母亲还是非常恼怒。

这都是五十年前的事了，但是那一晚的事情我仍记忆犹新。过了四五天，我终于忍不住向母亲求情。

"爸爸真的好可怜，妈妈气得太久了。"

母亲却立刻回话："从结婚那天开始，我跟你父亲一起生活的时日就一天天减少，所以每一天都是非常珍贵的。正因为如此，我才想和心爱的人多点时间一起用餐。但是他却不明白我的心意，所以我才会这么生气。"

我们家的餐桌就像心灵交流的场所。这里所包含的母亲的亲情，远比桌上料理的营养或种类还要丰富得多。我们非常珍惜且充

---

[1] 将面糊倒入模具中，填入内馅后翻面烤熟而成的圆形点心。

满感激地度过每次的用餐时间。

美味的豆腐渣、山药泥与什锦寿司盖饭

母亲在少女时代，每一天都过得很紧张，并没有多余的时间去学习烹饪，但是凭着她一丝不苟的个性及灵巧的双手，一道道家常料理就这样烹调出来了。

例如这一道每年冬天一定会出现两三次的豆腐渣。市面上卖的或别人家做的，我都尝过，但最好吃的还是母亲煮的豆腐渣。这道料理用的是岩桥家的配方，红萝卜、牛蒡、葱等配料是一样的，真正的关键在于熬汤的材料：母亲用的是煮熟后晒成半干的鲣鱼，比例大约是一份半的豆腐渣搭用两片鲣鱼肉。口味清淡的母亲不使用鱼腹，而是选用鲣鱼背部的肉。将鱼肉小心仔细地剥下后，用砂糖和酱油炖煮，接着加入切细的蔬菜和油炸豆腐，最后再将豆腐渣捏成小块，加进高汤中熬煮。母亲也曾用绞肉或鸡丝等材料代替鲣鱼，但煮出来的味道还是比不上鲣鱼的美味。

母亲去世后，每年我都会煮一次，一开始总是无法煮得跟母亲一样好，不是味道不够甘甜，就是煮得有点咸。不过，最近煮出来的味道也慢慢稳定下来了。先煮好一大锅的豆腐渣，等放凉后再吃，味道鲜美极了。

很多报章杂志刊出的伟人故事里，都曾提到这些伟人没米饭可吃只好以豆腐渣来填饱肚子的窘境，这么美味的料理居然是贫穷食物的象征，这对孩提时期的我而言，简直难以理解。之后我才明白，这是因为原本就不太好吃的豆腐渣还要用最令人难以下咽的方法直接生吃的缘故。

另外，豆腐渣的主要原料如果没有精挑细选，是怎么也做不出这道佳肴的。而且若不是到遵循古法制作豆腐的店家购买，也无法煮出软烂易咽的豆腐渣。虽然我并不是很清楚如何选择古法制造的豆腐，但最好是到悬挂"豆腐店"古式招牌的店铺，购买外观有一颗颗粒状物的大块豆腐渣，而一般市场卖的豆腐渣，煮出的成品往往会像凝固的面粉。住在京都最幸运的就是老字号的店很多，有不少类似位于嵯峨的"森嘉"[1]等著名老店。

山药泥也常在我家的餐桌上登场。这道料理已经快要变成过去式了，现在我实在提不起劲来做这道菜。母亲去世后，我动手做过两三回，做出的成品和印象中的味道相差无几，但是每次我总是边做边流泪。从前这可是一道充满欢乐的料理。母亲会先把野生山药或块茎山药[2]放到大研钵里研磨，大概研磨个一两千下后，再加入高汤。从这步骤开始就是全家总动员的时候。家里四个人都到厨房集合，首先把研钵稳稳地放在厨房地板上，由我或弟弟负责扶稳研钵，接着一点一点地将母亲一大早就熬好的高汤，沿着研钵的边缘缓缓加进。使用大量昆布和柴鱼熬煮出来的高汤比清汤味道要浓郁一些，如果一开始就全部倒进去的话，山药泥和高汤的美味便无法自然地调和在一起。将高汤缓缓倒入研钵后，听到父亲的指示，再打一颗蛋到研钵里。使用研磨棒时不可以粗鲁地碰撞到研钵的边缘或底部，正确的力道要能让研磨棒轻轻地游走在山药泥之间。

总而言之，曾经在寺庙当过小沙弥的父亲，是将这道料理带进

---

[1] 京都西郊桂川北岸一般称为嵯峨野，"森嘉"是一家老字号豆腐店，以汤豆腐闻名。

[2] 又名捏芋、大和芋，直径约10厘米，为日本关西常见的山药品种。其黏性强、味道浓厚，相当适合制作山药泥。

寿岳家的最大功臣，因为岩桥家几乎不做这道料理。习惯粗茶淡饭的父亲没有什么食谱可以传授给母亲，家里的料理全是来自岩桥家系，然而这道山药料理可是一道骄傲的父系料理，虽然只是用山药和高汤做成的简单料理，但是制作过程却相当费工夫。所以，不是每个人家都能做出来的。附近邻居好像也没有哪户人家会这么费心地做这道山药料理。所以，我常会与邻居分享这道美味。

　　完成后，我们会将装满一整个研钵的山药泥拿到饭厅，在每个人的汤碗里盛上满满的一碗，但是最美味的吃法是把山药泥直接加到白饭里。在饭碗里添进少许的饭（大约半碗），淋上山药泥，再撒上事先用火烤过揉碎的青海苔就可以吃了。这道美味又容易吞咽的料理，让伺候大家吃饭的工作变得非常辛苦；母亲和我不停地帮大家添饭。总之这道集全家人之力所完成的料理，真的是蕴含许多欢笑的珍贵回忆。

　　当然一个人也可以完成这道料理。父亲和我这个逐渐年迈的女儿不需要用到大型研钵，用来做芝麻拌菜的中型研钵和半份的山药就已经足够了。所有料理过程都是由我一个人完成：研磨山药，再继续研磨个几千遍，然后加入高汤，还要一边搅动着研磨棒。我年轻时曾向父亲学过，所以搅动研磨棒这种事做起来还蛮得心应手的。现在，父亲手脚不太灵活，没有办法帮我的忙，我必须一个人单手扶着钵，用另一只手搅动研磨棒。

　　虽然我能做出和从前相差无几的味道，但是这些料理现在也只是令人感到心酸罢了。这样的心情让我近来做这道料理时，都是草率地敷衍了事。我去买了一个小型研钵，材料也改为普通山药，调味则用几乎没有鲜味的高汤和酱油，再加入一点点的味醂，这样做出来的只能勉强算是山药泥料理而已。我也不再特地去买青海苔，用手边现有的浅草海苔将就一下。曾经充满欢笑的山药泥料理现在已经光芒不再。

有几道新奇独特的料理是岩桥家食谱里所没有的，其中一道是父亲到埼玉县的小川调查造纸工业时，某家高级日式料理店供应的"海苔饭"。这道料理不仅美味，制作也不像山药泥那么费工夫，现在仍是我家家常食谱里的料理之一，非常适合拿来招待客人。

这道料理首先需要的是浓郁的高汤。昆布、柴鱼、少量的盐再加上主要的调味料酱油，先熬出一锅热腾腾的高汤。另外，事先准备好大量的白萝卜泥。接着在餐桌上摆放精致的研钵和民族风味的大汤匙。除此之外，还要准备好碎海苔、晒干的葱，以及最重要的芥末。我们所使用的芥末并非管装的市售品，而是拿真正的山葵研磨后，再用菜刀细心敲碎、过滤之后的芥末。将这些材料各自装盛至小碗里，饭碗里也盛上少量的白饭。在白饭上放白萝卜泥、海苔、干葱、芥末，最后再淋上满满的、热腾腾的高汤。这道口味清淡又精致讲究的美味，因为加入白萝卜泥的关系，即使吃多了也很容易消化，完全不会有消化不良的饱腻感。海苔饭比起海苔茶泡饭的味道要更浓郁一些，在我们家是一道极受欢迎的料理。父亲曾对这道料理赞不绝口，母亲因此绞尽脑汁照样做了出来。母亲每天的生活都很忙碌，不可能一天到晚待在厨房，即使如此她还是常动脑筋每顿做出丰富的餐点，这道料理正好为母亲的尽心尽力做了最好的证明。

母亲花最多心力烹调出的料理，大概就是什锦寿司盖饭了吧。每到春分时节，母亲一定会煮这道料理。我大约过了二十岁以后，也开始帮忙切蔬菜或是煎蛋丝等工作。这真的是一道可以得满分的美味料理。红萝卜、牛蒡、香菇、莲藕，将这些材料切成细丝状，作为饱含水分的配料。另外，还要将一桶白饭调成甜咸适中的寿司饭，这可是无法言喻的好味道。

母亲很讨厌腥臭味（我们回父亲的故乡时，曾吃过加入玉筋鱼的什锦寿司盖饭，结果母亲胸口一阵恶心，感到非常不舒服。母亲常提起这件事，甚至连小白鱼干都不用），所以这道料理的食材中，只有蛋丝是属于荤食。但光是将切成细丝状的红姜丝、碎海苔以及煎蛋丝这些材料铺放在盖饭上，就已经非常美味了。每次母亲做这道料理，都会用上将近三顿饭的白饭分量，所以我们对于这道盖饭的期待自然是笔墨难以形容。说到我们家的什锦寿司盖饭，最大的特色当然在于比别家多三倍以上的配料了，这也是母亲最自豪的一点。饭碗里的配料酱汁将饭粒都染了颜色，几乎看不到纯白的饭粒，食材丰富、营养满分，实在是一道美味至极的餐点。而这道料理在我们家被称为什锦寿司盖饭或是综合饭。

到了夏天，母亲会特地做好吃又精致美观的细卷寿司。炎炎夏日，被暑气闷得昏昏欲睡的家人们，只要吃了这道料理就可以振作起精神。分量大、卷入大量寿司饭的粗卷寿司，因为季节的关系会暂时从餐桌上消失。母亲用来做细卷寿司的材料，有调了稍许咸味的煎蛋，先将蛋煎成蛋皮，再切成约一厘米宽。香菇也是切成细丝后，再煮成略带香甜的味道。小黄瓜则是纵切成段，淋上甜醋来调味。接着就要将这些材料用海苔卷成直径约三厘米的筒状。将材料放在竹帘上，手指轻柔地将其卷紧成漂亮的滚筒状后，将湿布巾铺在砧板上，再把寿司放在上面，用菜刀切成适当大小就完成了。每到这个时候，我都会紧挨在母亲身边，目的是为了拿到切剩下来、大小和其他部分不一样的头尾两段寿司。而母亲也总是微笑地将那段剩下的寿司拿给我，这也是印象中的美味之一。比起后来装盛在盘上、装饰精美的寿司，这段拿来试味道的部分更是这道料理的乐趣所在，同时也是令我回味不已的味道。

不凝固的茶碗蒸和酸溜溜的甜酒

　　母亲并不是每道料理都做得很成功。虽然失败的经验并不多，但这些回忆至今仍让我怀念不已。

　　其中一个失败的例子就是茶碗蒸。发生这件事的时候，母亲的弟弟，也就是我舅舅正好来家里做客，所以我记得特别清楚。当时我还是个学生。虽然家里有茶碗蒸专用的小碗，但母亲似乎想省工夫而改用较大的容器，这就是造成料理失败的主要原因。那个大容器是黄濑户风格[1]大型钵，创作者是河井宽次郎[2]，其作品属于民俗艺术风格，而且厚实有分量，并不像精制的手工艺品那样好看却不耐用。母亲将茶碗蒸的材料放在钵内入锅蒸，蒸了好久还是只见汤汁上漂浮着茶碗蒸的材料。对于抱着空腹等待的人来说，看到这种完全不起变化的茶碗蒸实在是再凄惨不过了。父亲不知说了什么惹恼了焦躁不已的母亲，结果两人开始吵了起来。这实在是扫兴又令人无可奈何的一幕。就在两人吵得不可开交的时候，舅舅走进来，只好担任两人的调解者。

　　"好了好了，吵够了吧。不过就是个茶碗蒸嘛。"

　　之后怎么解决我已经没什么印象了；不知道是用小容器重做一次，还是将那不可思议的原料汤汁改做成别的料理。总而言之，这

---

[1] 黄濑户是日本陶器美浓烧的一种风格，它的特色是在淡黄褐色的釉料上刻画出纤细的花草纹路，并用一种叫"胆矾"的酸化铜做出绿色的点状印花。

[2] 1890—1966 年，日本民间陶艺家。一生致力于发展民间工艺，与柳宗悦、滨田庄司三人，一同为设立"日本民间工艺美术馆"而努力。

道茶碗蒸料理，是失败经验中的一页回忆。

　　还有一次常被家人拿出来调侃的失败经验是加了太多盐巴的红豆汤。那个年代因为战争关系，无论战时或战败后粮食都相当缺乏，母亲幸运地拿到一些红豆，就想用储存起来的砂糖做一道红豆汤给大家尝尝。我想大家应该都知道，只要加一点点盐巴到甜品里，就更能够衬托出料理的甘甜味。而母亲为了让红豆汤里那仅有的些许砂糖发挥出十二成功力，居然丢了一大匙盐巴到汤里。

　　相对于这种不科学的天真想法，结果当然是残酷的。那一大匙盐巴的咸味完全盖过了砂糖的甘甜，我们吃进嘴里的自然是干咸不已的红豆汤。我曾经吃过一种叫"咸红豆"的零嘴。当时是十五年战争的末期，应该是战败的那一年吧，那时我从正在就读的东北大学被送到仙台近郊的陆军造兵厂当劳动学生工人，自出生以来，我第一次碰到这种悲喜交集的苦日子，不过在那里最基本的粮食供应倒是不缺乏，中午也一定吃得到盖饭，偶尔还可以买个咸红豆来吃。原本应该是蒸煮的甜味红豆，却被调味成咸的了。不过一旦习惯了那个味道，反而觉得那是种独特的口味，偶尔尝尝也不错。

　　"那个咸味的红豆汤啊，我可是一辈子都忘不了。"

　　之后如果有人，特别是弟弟拿这件事来挖苦母亲的话，我都会帮母亲说话，还会举仙台的例子告诉他们红豆也是有咸味烹调法的。

　　当然母亲在料理方面几乎未曾失败，正因为如此，那些失败的回忆才会深刻地印在我的脑海里。还有一次是父亲和母亲两人共同的失败作品。

　　父亲非常喜欢甜酒，而且这甜酒不是前面提到用酒糟临时凑合的，而是用正统的酒曲发酵法酿出来的甜酒。我们常在父亲的指导下酿酒。那时家里的桌子还没改装成暖被炉，我们买了一个移动式的暖炉，平时放在饭厅的一角，客人来时就移到客厅去。这个暖炉设计成小餐桌的样式，附有一个拉式抽屉可在上面生火，而空间大小刚好可以容纳一个大型饭桶。我们就是利用这个地方，将酒曲放入饭桶，再放在暖炉上酿造甜酒。我们做的甜酒和东山"文之助茶屋"著名的甜酒是不相上下的。

父亲酿出来的酒大致上都算成功，但是有一次不知道是哪里出了差错，居然酿出酸溜溜的酒来，我还清晰记得父亲当时惊慌的神情。事实上，我自己并不是很喜欢曲发酵后酿成的甜酒。在漂浮着饭粒的微甜液体里加入生姜泥，用一根筷子搅拌后饮用，那口感就像在吃剩饭一样，即使我喝的是"文之助茶屋"的甜酒，也不会高兴到哪儿去。其实，比起家中两种甜酒，我比较喜欢酒糟和水后加入砂糖调味制成的速成酒，所以当双亲因为酿出酸溜溜的甜酒而惊慌失措时，我倒是完全不在意。弟弟比我更爱喝甜酒，他甚至曾经喝了太多酒糟做的酒而坏了肚子。弟弟去看病的时候，医生还挖苦他说，因为过度缺乏甜味食品的关系，最近出现很多稀奇古怪的病症呢。

现在回想起来，家里的食谱和真正的西式餐点相较之下，有一些名称和实体完全不搭的料理。如将肉切细、切薄后，和洋葱、红萝卜一起加入砂糖和酱油煮到软烂，然后把这些材料放在用平底锅煎得又大又平的蛋皮上对折，这道料理被我们命名为"煎蛋卷"。

肉、马铃薯、红萝卜、洋葱等材料撒上面粉，用大火快炒后加入清水，用盐和胡椒调味（现在制作这道料理时，我会依照人数多寡加入高汤块），这道料理我们叫作"西式炖肉"。真要说起来，这道料理顶多也只能算是肉和蔬菜的浓汤罢了。

另外还有一道名不副实的料理，因为我现在不做了，所以不太记得母亲是怎么做出来的。还记得有一阵子，母亲说她在外面学了

位于东山高台寺下的"文之助茶屋"。这间
店无论何时都是高朋满座、人声鼎沸

一道美味的餐点，那是一道焦糖风味的茶色蔬菜汤，里面加了一些培根，不知道为什么我们称这道汤品为"奶油烤白菜"。长大后我才知道，真正的"奶油烤白菜"是把材料放到烤盘里加入白酱调味后，再放进烤箱烧烤的一道料理，和母亲做的完全不一样。不过也没什么关系啦，就把这些当作我们家人之间的暗语吧。

还有一道料理被起了个奇妙的名称，叫"咚隆"。名字取自菜的外观，其实只是一道糖醋排骨风味的料理。这道料理所用的材料只有蔬菜，完全没有裹粉油炸过的猪肉，所以我们称这道料理叫咚隆。

关于这道"咚隆"，家里有个常被拿来谈笑的话题。当时大战刚结束，根本买不到猪肉等肉类食品，母亲和我就在百货公司买了章鱼脚，切成肉块状后下锅油炸，再做成"咚隆"，然后骗大家说这是鸡肉。

"这鸡肉吃起来好像章鱼哟。"弟弟吃了之后觉得口感很奇怪，歪着头思索了好久。

"那个时候他的样子真够好笑的。"因为弟弟当时的样子实在太滑稽了，所以常常被家人拿出来到处宣扬或取笑。大概只有经历过粮食缺乏年代的人，才能够了解其中的趣味所在吧。

就在弟弟这件趣事之后，紧接着就发生了母亲因为贫血在厨房昏倒的事，因为这两件事发生的时间非常接近，所以我记得很清楚。后来，母亲因为静脉瘤破裂在鬼门关走了一遭，然而当时我们完全不知道这就是造成日后母亲生病的病因。

享用京都蔬菜的幸福滋味

过去，我们家就是这样隐藏在战乱的阴影下，每天过着平凡无奇的日子。不管怎样，至少我们家在饮食方面还是丰富多彩的。虽然母亲身体孱弱，但是她除了传承娘家的饮食传统外，还自创了许多料理，做出只属于我们家的家常食谱。母亲遗留下来的笔记本上，贴着一大叠从报纸剪下来的料理信息，并记录她从别处学来的食谱。

母亲的料理相当清淡爽口，装盘技巧也具有专业水平。她并没有特别学过烹饪，但是在每天艰苦奋斗的日子里，她仍然不会草率地解决每一餐饭，在这样的坚持下创造出我们家最精彩的饮食生活。

我也开始在母亲传承下来的料理中，一点一滴地加入自己的新作品。像这样有感情的饮食生活史应该是每一个家庭都拥有的，这些生活史蕴含着每个家庭独特的回忆与生活足迹。

比起费工而精致的料理，质朴的料理应该才是最适合当作家常料理吧，最近我常这样想着。每当怀念起母亲的烹饪手艺时，我脑海里就不禁油然生起这种想法。

就拿竹笋料理来说吧，我觉得搬到向日市最棒的一件事，就是可以尽情地享用美味的竹笋。我们家在这儿的饮食跟南禅寺时代相比，可是截然不同。

"今天晚上来煮竹笋吧。"一旦决定晚餐的内容，我就会跑到离家不远的农家去拜托他们："我想要三个竹笋，傍晚的时候要。"向日市的农家大多拥有自己的竹林，只要向他们订，他们就会到同样花了许多心力照顾的竹林去，技巧纯熟地将埋在土里的竹笋挖出，然后把又肥大又柔软，甚至还沾着泥土的新鲜竹笋送到我家。

母亲会马上处理这些竹笋，并装盛在民间工艺的大盘子或大碗上，好让我们大快朵颐。母亲做的竹笋料理比起任何高级餐馆的都要美味可口。切成大块的竹笋点缀上裙带菜，真是绝佳组合。父亲嗜食味噌煮竹笋，每次那堆得像山一样的竹笋转眼间就被一扫而空。白味噌里调入少许的红味噌，再加上一点点味酥所煮成的竹笋料理，是深受来访客人喜爱的一道佳肴；特别像是柳宗悦、河井宽次郎等民间工艺大师都喜欢这道料理，因此母亲制作起来也格外有动力。

如果食材本身够好，无须多余的加工，简单的当地料理最为合适；拌上白酱，或是以大火快炒等，都是为了掩盖食材不佳时的烹调法，这是我从竹笋料理学来的心得。

京都是个竹笋及各种蔬菜都很丰富的地方。对于住在京都的当地人来说，这是理所当然的事情，然而许多搬到关东附近居住的友人们都会异口同声地表示他们非常怀念京都的蔬菜；在那里，说是京都的特产，甚至京都蔬菜，但味道却完全不同于真正的京都地产。九条葱、堀川牛蒡、山科茄子、鹿谷南瓜、圣护院白萝卜、加茂茄子等冠上京都产地名的蔬菜，现在几乎已从市场上消失了。好不容易因品种保育而重新培植，但从前这些大众化的农产品，现在却都变成了高级食材。过去茄子皮相当柔软，不管是用米糠酱腌渍或是拿来炖煮，都很柔软可口。但是因为运送等货物流通的问题，软皮茄子不仅一天就会腐坏，皮的部分还很容易被刮伤，因此已经不合时代需求，只好加以改良。年迈的双亲常常感叹这些蔬菜外观虽然相同，但已经和从前不一样了。

即便如此，每到了岁末年节时，我们还是能够用金时红萝卜[1]来烹煮年菜。打开精雕细琢的叠层餐盒，看到里面装有外形可爱小巧的金时红萝卜，心里的踏实感可是西洋红萝卜所不及的。

---

[1] 日本特有的色泽艳丽鲜红、形状细长的萝卜，产季为11月至翌年4月上旬。质硬味甘，少腥臭味，是京都料理不可或缺的食材之一。

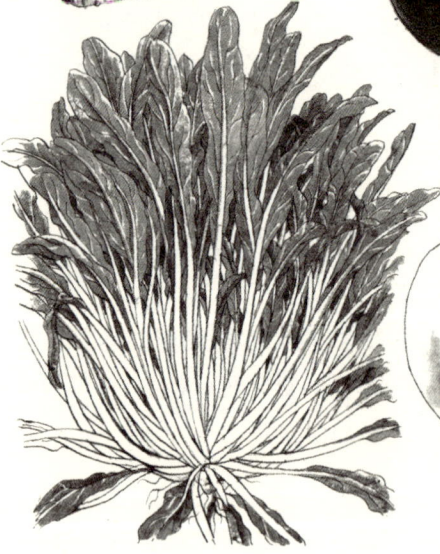

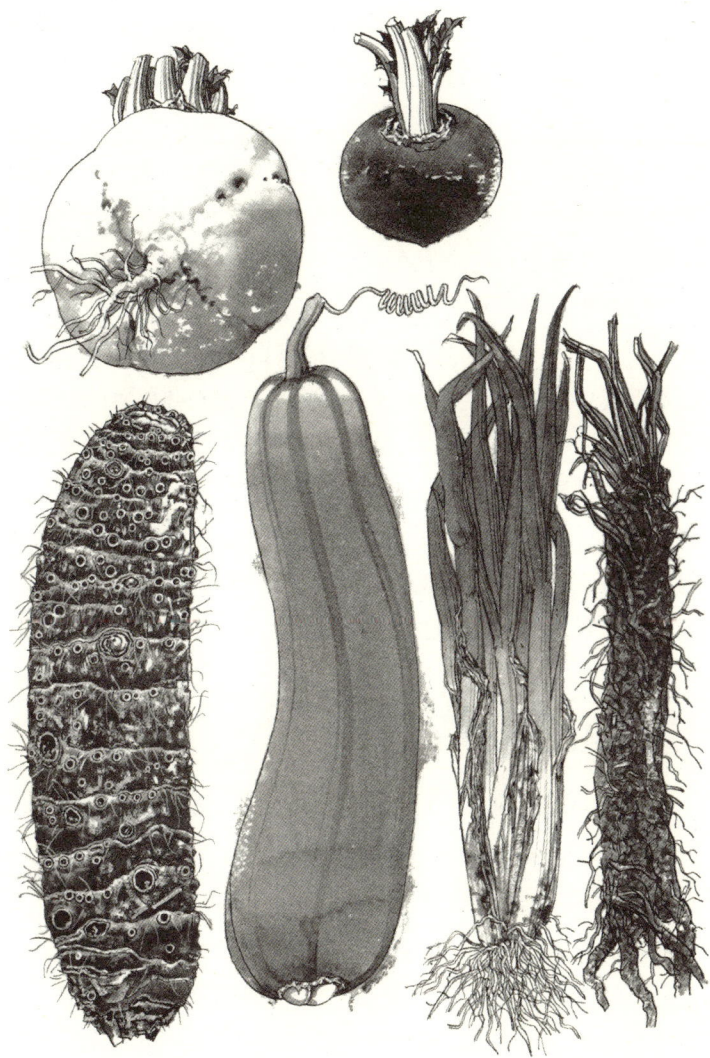

各式各样的京都蔬菜。可爱、丰富又营养的京都
蔬菜遍布在农田、原野及山林间。往往冠以产地
名：堀川牛蒡、九条葱、圣护院芜菁、淀白萝卜、
金时红萝卜、加茂茄子、壬生菜等等

另外还有丹波的黑豆。圆润丰实或带有一点皱褶的黑豆不管怎么烹调都适合，这就是带有黑色光泽的黑豆的优点。令人高兴的是这项食材现在仍找得到，是目前尚存的京都蔬菜之一。

每个季节的美味佳肴，即使是不太起眼的料理，母亲还是会不辞辛劳地做给家人品尝。例如煮豆饭的时候，母亲一定会搭配稍微腌渍过的萝卜叶。初夏时节，白萝卜的叶子细嫩，母亲活用食材，煞费苦心做出来的腌渍小菜，是孩子们的最爱。菜叶先迅速用水汆烫，切细成约两厘米的宽度后，拧干水分，再撒上些许盐巴就大功告成了。这些菜叶拌上切细丝的搓盐白萝卜既美观又可口。不过还是直接食用最美味。淋上一点酱油，铺满在热腾腾的白饭上一起吃，真有说不出的美味，只要早上的餐桌上出现这道佳肴，我们就会深深感受到时节已经进入五月了呢。另外，还有初秋时分的姜：把一股脑儿沉到热水底的姜淋上甜醋即可食用。以前母亲会将这些姜装进宽口窄底、底座部分是黑色的玻璃杯里，再放到餐桌上。啊，秋天到了！一看到这道菜我们又会深切体悟到季节的转换。

美味绝伦的爱心便当

母亲要求事情一定要做得干净整齐，甚至神经质地坚持到所谓"洁癖"的程度。我深刻感受到自己现在也被训练得像母亲一样；每当削苹果或水梨时，我会严守母亲订的铁律，手尽量不直接碰触到果肉的部分。说到寿岳家一贯的削水果方法，刚开始当然是先将洗净的梨子切成两半，再把水果两端凹下的果蒂部分切成一个小三角形。当然了，下刀时手要扶着果皮的部分才行；接着将切半的水果再对切，即可削去果皮，将切成四分之一大小的水果装盘端出。若不照着这个步骤，手就会直接碰触到果肉，这可是触犯了母亲的大忌。我自己是已经习惯这种削水果的方法了，但其他人不见得会这样做吧，每当我看到别人在切水果，就会用不怀好意的眼神观察。

每天使用的抹布一定要煮沸消毒好几次，厨房也要彻底打扫干净；洗菜和洗碗的地方不可混同使用（现在我都在小仓库的水台洗菜叶，母亲对于小仓库可以这样变通使用感到相当高兴）；还有，钱不可以直接放在餐桌上，如果拿过铜板钞票，手一定要彻底洗干净才行。这些规则都是我们家的生活纪律。

顺道说一下，若非长途旅行，我绝不会在电车等大众交通工具里头吃东西，这样不仅吃相难看，最重要的是非常不卫生。关于这一点，我又不禁疑惑地思索着，最近的年轻妈妈们实在太漫不经心了。出租车司机曾经对我说过："哎呀，现在的年轻妈妈实在很糟糕，冰淇淋、巧克力就这样让小孩子拿上车，还毫不在意地弄脏座位。"

当时我碰巧看到车子的踏垫上掉满黏腻的垃圾而吓了一跳，结果司机这样对我解释，还发了一顿牢骚。

"像这种时候，你就要开口骂骂她们啊。"

对于我气愤的附和，司机只能无奈地说道："说是这样说啦，她们也不会道歉啊。甚至还会说什么，哎呀，好可怕的大叔喔。"

想要享受美味、安心用餐，卫生以及餐桌礼仪是必要条件。对于做料理的人来说，享用者围在餐桌边好好用餐就是对他们最大的敬意。最近在餐厅里常会看到有小孩胡乱碰盘子、把餐具弄翻，甚至玩弄食物，没有一点用餐的卫生观念，这是我母亲最不喜欢看到的。我们虽然是非常爱吃的一家人，但进食的时候绝对不会邋遢或

植物园旁的贺茂川堤防上，沿路长着一排樱花树，这是京都的另一种风情。从大正时代到昭和时代一直茂盛生长着的绿色庭园

马虎；我们对于吃这件事是专注且全心全意的。我们看似享受，却绝对遵守餐桌礼仪，即使是食欲旺盛的弟弟也会恪守这样的规矩。

另外，边用餐边看报纸，还不经心地和妻子聊天的丈夫，在我们家是不可能看到的。我的家人总是真诚看待"吃"这件事。

从我孩提时代开始，我们家就经常出外踏青。平常日子埋首于工作的双亲，一到了星期假日就会彻底放松心情。在我年纪尚小、还住在南禅寺的时候，我们常会去京都的植物园郊游。若是天气晴朗，就更常外出。现在植物园是个不太受欢迎的约会场所，但这个刚好在我出生时完工的植物园，从前可是座美丽的绿色庭园，东边可以看到比邻的秀丽山峰，旁边有贺茂川的河水流过。当时市内电车还没有通到植物园旁，入园时必须从位于北大路桥西边的乌丸车库过去，桥上通常并排着许多摊贩，十元三个的水煮蛋蛋壳上沾满了盐巴，放在小小的竹篓里。我们带着欢欣兴奋的心情来到园里，

　　　（上图）北大路植物园里的温室。占地25万平方米
的园内种植了17000种植物。其温室是兰花的王国

在大草坪上尽情玩耍一阵，便差不多到吃便当的时间了。我们带的是母亲以利落手法快速做出来的美味爱心便当。在之前特别收藏的糖果盒里装满撒上黑芝麻的饭团，而另一个多层餐盒中则放入鱼板、竹笋等蒸煮料理，另外还放有水煮蛋。木盒的沉香味真是令人陶醉。

有一次，饲养在植物园某处的羊群突然朝我们奔过来，引起了一阵骚动。当时我们马上把餐盒盖上，一把塞到腋下站起来就要逃走，但其中一头羊却早一步跑到我们跟前，踩住了母亲的手织蕾丝披肩，结果，母亲和那头羊抢披肩抢到面红耳赤，那种趣味感混杂着惊惶的奇妙场景，我一辈子也忘不了。至于那条精致美丽的蕾丝披肩，我不觉得母亲是会花钱买那种上等货的人，一问之下，果然是从别人那里收下的礼物。到现在，我对这件事仍记忆犹新。

后来羊群好不容易离去，我们再度坐下，想要继续享用美味

葵之祭典。从平安时代开始举行的仪式，于每年5月15日时举行，是最盛大的祭典。阳光透过树林洒落在牛车或古老的祭典装束上，令人心旷神怡的便当，但感觉实在是奇怪又有点惊魂未定。如果这种事发生在现在，可能会有人满腹牢骚，但当时我们还蛮淡定的，这也算是一段有趣的生活插曲吧。

其他的郊游地点有醍醐、牛尾山等，搬到向日市后，则到峰峦相连的西山或富有古风的寺庙去走走，这些地方具有京都特有的韵味，完全不用担心无处可逛。午后带着点心和水壶信步闲逛，或是一大早就起来，准备好餐点出外郊游，无论何种形式，趣味总是无所不在。我们不曾大老远跑出去旅行，顶多是一家人在夏天到父亲的故乡播州省亲，但是对孩子而言，已经没什么比这更令人兴奋期待的了。而这其中大半的乐趣就来自母亲亲手做的饭团便当。

享受外食之乐

我们家常到外面用餐，因为在家吃饭要花费很多的心力去准备。不晓得是因为我们非常重视饮食的缘故，还是我们经常全家人一起外出，总之我对于在外用餐的印象特别深刻。从大众化的小吃店到比较高级的餐馆，都是我们会前往品尝美食之处。

孩提时代，我并不特别觉得只有高级餐馆才好，对小孩子来说，最重要的还是新奇有趣。

新京极附近开了许多家店。我们曾在圣诞节的时候到寺町通的"明星食堂"（有认证的大众食堂）用餐，着实令人难忘。那天还特别让弟弟戴着尖头帽子吃西餐，对小孩子来说，圣诞节的装饰是那么的绚烂夺目。看着装盛汤和肉食的杯盘器皿，这顿大餐实在令人期待不已。

我们常光顾一家位于新京极的寿司店"华月"，每个月固定某

位于三条小桥旁的"松鮨"。传承至第二代
的寿司店，由师傅熟练的指尖创造出一个
个美味的寿司。我很喜欢这里的星鳗寿司

一天，这家店会举办折扣活动，我还记得每次来这里吃饭，我一定会点金枪鱼手卷来吃。往新京极的北边走去，会走到一条横贯东西的六角通，再往东边稍微走进一点就可看到一家卖鳗鱼的"金屿"。进这家店必须先脱掉鞋子，在门口看顾鞋子的店员一看到客人进来，就会大声喊着："喔！共四位哟！"

我每次都会被那响雷般的喊叫声给吓到。脱鞋后，走进店里围着一张小桌子坐下，分别点选自己想吃的菜肴。我每次都会点金丝盖饭。虽然取名金丝，这家店的做法却是把像乌冬面一样蓬松柔软的煎蛋放在铺满切段鳗鱼的白饭上，然后盖上盖子，煎蛋的边总是会从碗盖露出，每次看到这样的场景我就会兴奋得不得了。父母亲点的则是鳗鱼盖饭和鳝鱼肝汤。环视店里，只见壁面上装饰着岩石布景，甚至有小小的瀑布，精致美观令人赞叹，我每次都会为了这个精心布置的店内装潢暗自感动。这家店后来越做越大众化，它的本店原来是位于京津线（往来于京都、大津间的私营铁路）大谷车站旁的川鱼料理店，该店在那一带以地处宁静闻名；不过，对小孩子来说，新京极的"金屿"已经非常高级了。可惜现在它的金丝盖饭已没过去讲究。现在我最常吃的是南座附近的鳗鱼店——"松乃"的金丝盖饭以及和风沙拉，不仅质量好，味道更是没话说。但是我仍然非常怀念孩提时代"金屿"的美味。现在"金屿"甚至取消了脱鞋的规定，客人也只是坐在柜台边的椅子上用餐，完完全全变成普通的食堂了。

小时候我的脚力非常好，有一次甚至从比叡山的顶峰一路下山走到坂本。弟弟当时还没有出生，我牵着父母亲的手，毫不哭闹地跟着大人走下山，让当时一起健行的人佩服不已。走到京都后，我们找了一间餐厅坐下来，我在那里迅速吃掉一人份的咖喱饭，吃完后还紧握着汤匙，嘴里喊着"我还要"，结果又吃掉了一碗，把那间餐厅的老板娘吓一大跳："我从来没看过个子这么小，又这么能吃的小女孩。"

　　我大展神威的另一个舞台是一间叫"南"的餐厅，据说在当时的京都小有名气。这里面店面小而静谧，但料理的事前准备却非常讲究，听说该系统的料理不久后还传到京都大学同窗会馆的乐友会馆。

　　虽然我们家也常光顾"南"，但我第一次真正体会到正统的餐厅用餐却是进入女校念书之后的事。那间餐厅叫作"阿拉斯加"，在河原町三条以大胆壁画装潢而闻名的朝日会馆最上层。我还记得到那里用餐的事。那天我没有穿制服，而是穿着一件好不容易才拥有的夏季洋装，并佩戴一朵人造红玫瑰，在那里和同年级的N同学相约见面。她是有钱人家的千金小姐，早就习惯这种场合，然而对第一次出入正式场所的我来说却是一次非常紧张的经历。

　　握寿司算是相当奢侈的料理，也唯有这道料理，父母亲才会带我到一流餐馆享用。母亲不愧是热爱寿司料理的美食家，这大概是她唯一较为奢侈之处了。记得我们曾到过一间名叫"缠"的店，不过最常光顾的还是"松鮨"。那家店现在仍位于三条小桥上，当时负责料理的大叔在母亲过世后没多久也去世了，不晓得他是否仍在另一个世界制作美味的寿司呢？

　　被小说家池波正太郎誉为日本第一的"松鮨"，味道真的是无与伦比。这家店的店面极其狭小，但整理得非常干净。在需要到处东弯西拐的店里，可以看到老板以及老板的媳妇、孙女们穿梭帮忙。家里每个人都有自己偏好的口味，我喜欢的是星鳗寿司。先将星鳗迅速翻烤过，然后放在寿司饭上，用刷子刷上绝顶美味的酱汁，最后再放进享誉日本的、河对岸"樽源"[1]所制造的桶状器皿内，盛装上桌。这真是令人期待的好味道。在内部漆成朱红色的桶子里，并排放着两块香嫩顺口的星鳗寿司，用手一把捏起后，再将它一口吞下，香醇浓郁的美味浑然天成，瞬间整个人仿佛要融化了。"松鮨"的握寿司饭量很少，我非常喜欢，因为这样就可以吃下很多种寿司。

当作开胃菜的蒸煮章鱼也蛮好吃的，或许是因为他们的料理全用酒来蒸煮之故，因此口感非常的柔软。除此之外，粗卷寿司不仅外观华丽，味道也很香甜；还有一样是我最近才尝到的，先将一片青花鱼肉用大量昆布包紧，再迅速用火烤过。老实说我非常不喜欢吃青花鱼，但是这道料理不仅除去了腥臭味，也改变了青色的外观，是一道好吃到让人说不出话来的料理。

父亲和母亲从上一代老板还很年轻时就开始光顾"松鮨"，当然年纪还小的我也将"吃了两人份咖喱饭"的力量，发挥在寿司这项美食上。总而言之，我对寿司是绝对不会感到腻烦的。我总是不停地将寿司吞进肚里。看着我长大的上一代老板，无论我点了什么，他一律沉着冷静地将料理端到食量媲美大人的我面前："来了，这是小小姐的"，而且分量往往比父母亲的还要多。

那位令人怀念的老板现在已经不在了。他是个十分适合穿白围

---

[1] 京都著名的制桶店。所有产品皆由树龄两百年以上的杉木，单人手工制造而成，现多被用于花器、餐具及寿司的盛装器皿。

裙的人，脾气温和，可也豪迈爽快，为人非常的好。像父亲这样的学者，或是像冈部伊都子这样的作家，甚至是带点土气或喜欢热闹的人，以及一般的上班族，光顾这里的客人形形色色，但无论是谁老板都能自然地和他们聊起来，手边也毫不歇息地工作着，真是个豪爽亲切的京都男子。

这家店即使传到了第二代，我仍常常前来光顾。虽然无法像以前那样毫无忌惮地大快朵颐，我还是希望将来能继续品尝到这里的寿司料理。

还有一件事是发生在战后，父母亲常去品尝某位女性所做的料理，刚开始还是小孩子的我当然无法陪同前往。那是父母亲的朋友们常常光顾的一家店，店老板并不是哪家京都老店的第几代老板，只是一位普通女性，因为喜爱烹饪，于是跑到相国寺的厨房接受严格的修行，之后她就把那些慕名而来的人当作自己的客人，在自家（某药店）的二楼烹煮料理给大家品尝。由于众人都称赞她料理的功夫一流，过没多久她便努力筹措资金，在金阁寺前的空地上盖了一间类似茶室建筑的店面，以专业厨师的身份出现。我大概就是从这个时期开始加入了客人的行列，当时我已经是个在工作的社会人了。

名为"云月"的这家店，不久就将店面搬到京都市北区的鹰峰，我一年大概会去那儿光顾个两三回。曾经是光悦等人的工匠集团所在地的鹰峰，上坡道并列着成排的房屋，仿佛是静谧又别有风情的另一个新天地。快到光悦寺时向右拐个弯，就会看到通往"云月"的竹林小道。店家面对着释迦谷，是一栋寂静优美的建筑。我很喜欢它那不予人自命清高的宁静氛围。料理的风格同样充满着宁静舒适之感，完全没有夸张又俗气的装饰。由于老板娘曾在相国寺修行，这里的蔬菜料理种类非常丰富，正合我的口味。各种可爱精巧的料理对食欲旺盛的年轻人来说可能不太足够，却相当符合成人的喜好。该店特点就是掌厨的老板娘总是待在厨房专心烹煮料理，偶尔才会在客人要回去时穿着围裙和高脚木屐，走到餐厅的前场来。负责招呼客人的是嗓音清脆悦耳的老板娘女儿，稳重温暖又充满人情味的招呼声，显露出她纯真诚恳的个性。听说她也下了一番苦功学习料理，并经过相当程度的修行训练，但是她从来没有因此而到处炫耀。即使是上了年纪，她依然还是这个样子，我们两家的第二代也交往甚密，而且最令人高兴的是她的母亲仍旧健在。

"云月"最大的特点就是优雅静谧的氛围，即使是端料理给客人的店员也恭敬有礼，感觉相当平静爽朗。这是一间对我非常重要的料理店，我们之间有着积极而深切的关系。

还有一点是我很中意的，那就是"云月"位于北山上。夜晚的庭院里，偶尔会出现狐狸的身影，令人不禁期待它们的到访。北山带点忧郁的山影也为附近的景色增添了些许特殊的色彩。土地，料理，人。"云月"就像是我的另一个故乡。

当然京都还有许多独特的好店，西阵一带、祇园东山附近、四条通、河原町通、寺町通、北野附近、鸭川沿岸等地都有许多不错的餐厅。无论是小店家还是大餐馆，这些地方的料理种类繁多，价格也高低不一。从价位惊人、让我们负担不起的高消费餐厅，到较便宜的小店面都有，价格上有着很大的空间。就这方面来说，京都可说是非常适合居住的城市。

京都还有很多适合独自去用餐的地方。伫立在街头一角、让人心情放松的乌冬面店也蛮多的。木叶盖饭、青鱼荞麦面、长崎汤面（或者应该叫什锦乌冬面）、大卤面……你可以配合时节，或看当时的饥饿程度，轻轻掀起门帘进去，点一份适合自己的餐点；在京都，面店所准备的高汤通常不会熬得过于浓重而让人感到腻口。商店街的乌冬面店里，精神饱满的欧巴桑穿着咔咔响的木屐，客人点完菜后，就用店里的暗语大声地跟厨房下单。有些摩登的乌冬面店将店面装潢更新，使用黑白系的色调来统一店内的气氛，让人眼前一亮。无论是何种店都各有一番特色，但不管是哪一家，口味清淡、容器内层的色彩美艳，则是关西共同的特征。对于东京的浓厚口味感到吃惊的我还是比较适合京都清淡高汤的乌冬面。

我们家长久以来都生活在京都这个城市里，家族与家族间的牵绊和深切情感，都让我们和往来的商家之间保持着一份特殊的交情。

早餐不可或缺的味噌汤和腌酱瓜

父亲非常喜欢味噌。我们家的早餐几乎都是日式料理，所以餐桌上一定会有味噌汤。从前的家庭很少会吃面包，早上喝味噌汤是理所当然的事，但是现在应该有很多家庭把面包当早餐吧；如果家里有年轻人的话，或许我也会准备这样的早餐。不过我家如果早上没有炊煮白饭的话，偶尔也会用面包来代替；把味道微淡、完全风干的面包拿来当吐司烤，炒些青菜搭配着吃或是单吃面包，另外再配汤、牛奶、咖啡或红茶等。虽然这样吃也不错，但即使住宿饭店也喜欢选择日式料理的我，真可说是不折不扣的日式料理支持者。母亲当然也是如此，父亲曾有数次机会可以前往英国，但是每到最后关头总是无法成行，主要是因为母亲是个日式料理主义者，要是餐点不是日式的，可能会让母亲感到困扰。于是，父亲自然也就没办法出国。

味噌是我们家非常重要的食材，每天早上必会有味噌汤。白味噌和红味噌是不可少的，此外还有别人送的八丁味噌、信州味噌，以及自行调配的味噌，如何搭配其他作料做出想要的味噌口味，完全要靠头脑。孩提时代的我最喜欢的是马铃薯配白味噌。当厨房的掌控权渐渐转到我手里，特别是在大战结束后，市面上大量推出比从前种类还要丰富的食品，家里味噌汤的口味也就变得更多样化，像新鲜面筋搭配白味噌和葱末等。有家店会把切丝的红萝卜加上香菇、金针菇、柳松菇等蕈类食材，佐以红味噌调味，看起来非常美观，最近也成了我的拿手菜之一。用豆腐煮汤时，就配上海带芽，或是大手笔地购买金针菇来料理。至于白萝卜丝则配上油豆腐，也可以搭配茗荷、秋葵、芋头、地瓜等。味噌汤的汤料随着季节转换，可以产生不同的变化，乐趣无穷。母亲不太喜欢放入太多种汤料，她觉得那样很俗气。不过，当我在仙台遭遇空袭无家可归时，在借宿的农家吃到了汤料堆满整碗的味噌汤，里面的蔬菜种类丰富、分量又多，正适合味噌汤的汤底，也因此我煮的味噌汤会比母亲多放好多料。

味噌的用途相当广泛，除了味噌汤外，还有味噌酱拌料理、味噌腌鱼，和肉类也很搭配。也有可当小菜直接食用的味噌，如金山寺味噌、鲷鱼味噌、柚子味噌、辣味铁火味噌等，这些味噌现在在大阪的"米忠"或是京都的"石野""本田"可以买到，这几家都是非常有名的味噌店。我们家主要是请在阪神百货开店的"米忠"将味噌直接配送到家里，如果商品已经售完，则会去光顾"本田"。特别是带有稍许甘甜香味的金山寺味噌，绝对要买"本田"的。不过，我们家固定会从唐招提寺收到加了许多蔬菜的纪州金山寺味噌，所以，只有在这些味噌用完后才会特地去买。

"本田味噌"的工厂。味噌对京都人来说是不可或缺
的生活必需品。装在大桶里的是遵循古法制造的味
噌（中京区二条通堀川往西的桥西町）

我们家和"本田味噌"开始有往来是大战结束后的事。当时弟弟通过我小学时代的恩师柚木先生的介绍，到"本田味噌"去当家庭教师，教的学生是即将参加大学入学考试的姐姐和小她一岁的弟弟，虽然时间并不是很长，但他们一家人都非常的开朗健谈，因此我们两家开始有了往来，并持续到现在。本田夫妇俩偶尔也会来家里做客。

"本田味噌"由两兄弟共同经营。和我们家成为朋友的是弟弟三轮先生，他的店位于堀川三条通，就在进入堀川靠西边地区的北侧；哥哥的店还要再往上走，位于室町一条通。虽然他们制作贩卖的商品都一样，其实彼此早划分好负责的区域，绝对不会因区域重叠而互抢生意。例如，在百货公司买到的一定是哥哥店里的商品。他们的生意之所以如此兴隆，靠的大概就是这份智慧。

我曾经参观过店内以及制作商品的工厂，看到大家井然有序、辛勤挥汗工作的模样，深深感受到味噌果然是京都人饮食生活的基础啊。弟弟去本田家当家教时，刚好碰到他们全家动员忙着将味噌装袋，好赶得及在过年时零售，连孩子们也参与其中，让人体会到他们虽身为大商家，孩子的生活仍然遵循着勤勉的精神。弟弟在他们那历史悠久的大宅院里拍了一张照片，背景就是平时授课的客厅。从照片上可以看到墙壁附着一点一点的白色痕迹，一问之下才知道那是壁虎的卵孵化时形成的。这样的大宅子里居然有壁虎，由此可见三轮家的豁达胸襟和幽默家风了。

三轮先生虽然能言善道，其实是个看尽人情冷暖、通情达理的人，不但对政治有独到的见解，也费尽心力扩展家族事业。简单地说，他热爱味噌，并且积极面对人生。

三轮先生的夫人则一直从旁协助丈夫。谨慎而处事周全的她是

这栋古朴的建筑物拥有非常宽阔的空间，一抬头就
可以看到天井（三条通"本田味噌店"的厨房）

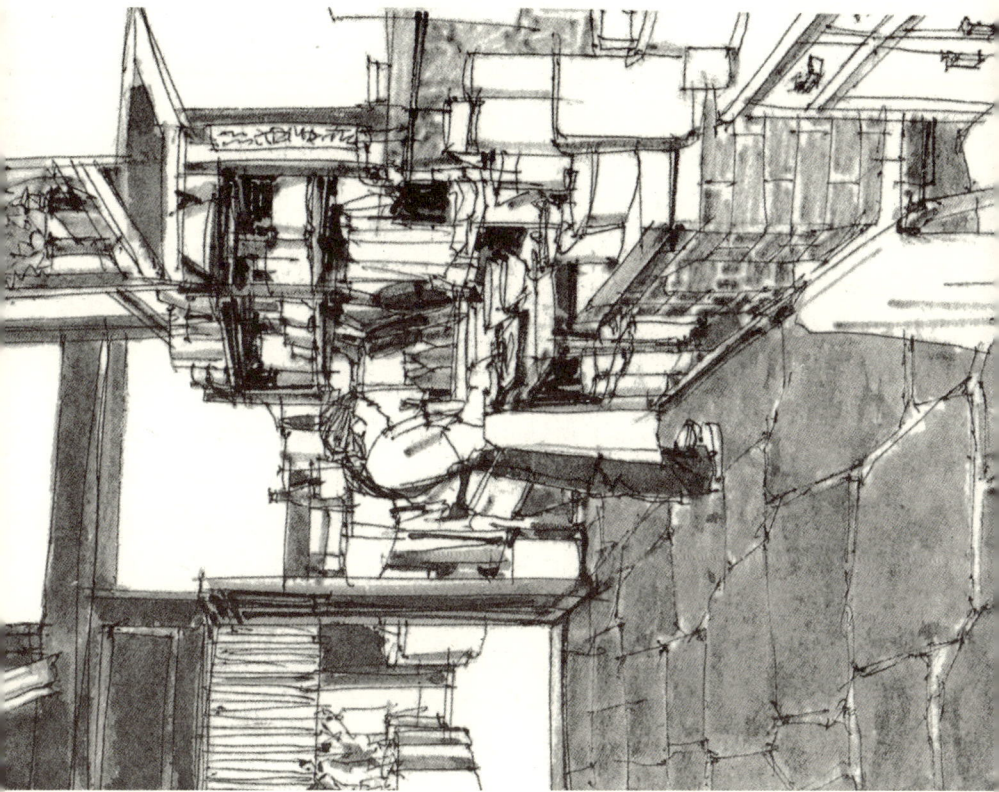

个很懂得拿捏分寸的京都女人；她跟着凡事随性的丈夫，在该出手阻止的时候果断地加以制止。对京都商人来说，这种女子是最理想的老婆典型，而她应对生意的手法也的确令人佩服。

一说到和味噌相关的话题，那真是聊也聊不完。当我煮白味噌搭配新鲜面筋的味噌汤时，总习惯加入芥末。

"你懂的还真多啊。"和别人提起这件事时，我常被如此赞美而颇觉得意，其实，这是我到西宫那间名副其实的老店"张半"时，喝到盛装在小小漆碗里、拥有不可思议美味的味噌汤后，向店员讨教的做法，之后，我就把这项"生活小智慧"加进自家的食谱里。

不管怎样，从京都到整个关西，在新年的头三天家家都会准备白味噌煮年糕汤庆祝，所以每年这个时候白味噌总是热卖，三轮家甚至得动员孩子们帮忙将白味噌分装零售。过去在工厂帮忙的孩子，现在已长大成人且继承了家业，在时光荏苒中，可靠、勤勉地经营着家业，装袋的工作也已交由机器处理。家里既是工厂也是贩卖商品的门市，虽然本家位于市区，但全家人仍住在味噌店的前半部，活力十足地过着生活。真是一家有趣又可靠的味噌店啊。正是这样的店家再次令人感受到京都的味噌生活。在三条通上也有其他的好店，"本田味噌"旁就有一家贩卖京果子 [1] 和祇园稚儿饼 [2] 的名店"三条若狭屋"，两家的点心都是以味噌调味的风雅糕点，而味噌当然全部来自"本田味噌"。

早餐还有一样非吃不可的配菜，就是腌酱瓜。我非常喜爱腌

---

[1] 即京都制作的和果子，特别注重季节的转换，并配合京都祭典制作不同的口味。
[2] 麻薯皮内包入白味噌馅制成的京果子。过去是为参加京都祇园祭的小孩所特别制作的点心。

酱瓜，虽然自己会做一些家常的速成腌渍品，以及夏天吃的米糠腌菜[1]，但已经不像从前的人那样，在自家腌渍萝卜或白菜等。母亲在少女时代就常常会用酱菜桶或大木桶腌渍各式各样的蔬菜，在和父亲共组家庭后，由于场地限制再加上忙碌的关系，已经不再继续腌渍酱瓜了，不过米糠腌菜仍然是我们的夏季清爽美味。

难忘"近清"的千层腌菜

　　除了全年可见的腌渍品，还有一些与京都四季相呼应的时令腌渍菜，姑且不论营养价值如何，这些腌渍食品每到固定时节总会出现在餐桌上，令人切身感受到季节转换的气氛。每到春天就会有腌泡入味的腌酸茎[2]，冬季则是千层腌菜。

　　过去一定会有商家供应京都千层腌菜，让客人买回去送给各地的友人。京都虽是个小地方，却有非常多知名的酱菜店，北边上贺茂神社旁就有一家著名的"成田"。在具有昔日农家风味的沉稳泥巴地上，陈列着各式各样的腌渍品，不仅外观好看，吃进嘴里的味道也相当可口。制作腌酸茎时所挑剩的菜叶，可制成清淡的腌渍物，这对居住在京都的人来说充满幸福的味道。要制作著名的腌酸茎，菜叶不仅要丰厚硕大，色泽也必须是浓重的深绿色，就这点而言，那些被挑剩下来的菜叶就有些可惜了。

　　另外，我也很喜欢山椒花。尽管价格颇高，但从内陆的鞍马、

---

[1] 在拌盐的米糠中埋入萝卜、小黄瓜等蔬菜，长时间密封发酵而成的腌渍菜。

[2] 酸茎菜为大头菜的一种，是京都特产。农家于每年11月采收酸茎菜，加盐腌渍发酵，制成带有酸味及独特香气的腌酸茎。

花背附近到上贺茂一带的特产山椒花却是我的最爱，它既可以撒在煮好的米饭上食用，也可以包在饭团里。山椒花可说是带来初夏滋味的香味使者。山椒的果实、叶片和花朵都能有效地利用，是日本非常好的香料之一；不过对我而言，最香浓味美的还是用酱油、味醂和砂糖熬煮成的山椒花。用花煮成的料理往往带给人一种成仙的感觉，似乎连寿命都延长了呢。

在京都著名的食品市场里有很多酱菜店，有寂静伫立在一旁的，也有热闹且充满人情味的，每家商店各具独特的经营个性，做出来的味道也各有千秋。除此之外还有"村上"，以及从祇园附近的赏花小径往三条的方向走即可在东侧看到的"八百伊"等店家，这些好店多到十根手指头也数不完。我家最常光顾的，是一家名叫"近清"的腌渍食品店，特别是千层腌菜，我们只会买这一家的。从"八百伊"北边的马路往东走一会儿，便可看见"近清"的招牌，店内的格局和一般酱菜店并无差异，但是他们家的千层腌菜堪称京都第一。

前面曾提过位于三条小桥的"松鮨"，上一代的老板身体还很硬朗时，发明了一种新的握寿司。说发明或许小题大做些，但是对于热爱寿司的寿岳一家人而言，的确是一种新发明。先将鲷鱼片卷在饭上，再放一小片千层腌菜，对半切后，造型变得相当可爱，摆放在寿司盘上的模样就好像飞往鸭川的鸟儿，所以父亲就把这种握寿司取名为"河千鸟"。至于河千鸟上面的千层腌菜，当然就是"近清"的。

我所喜欢的千层腌菜一定要有柔软的口感，不过也并非完全的软烂，其中必须带点清脆才行。味道上也不可太过甜腻，必须有些微的甜味再加上适度的咸味。虽然一样都是千层腌菜，但是每家所做出来的味道都不太相同，而"近清"所制作的几乎达到了我所认为的完美程度。

维持这家店基本口味的是至今仍健壮的上代老板，现在他还经常在店里帮忙。这家店是同名本店的祇园分店，由于坐落在祇园附近占了地利之便，生意相当稳定。而努力经营生意、同时目前也是店里支柱的，是上代老板的儿子全家。双颊总是带着天真红晕的第二代老板制作出的味道不比上代老板差。每到冬天我就会拜访这家店，除了委托他们帮我运送一些酱菜给好友外，还会带些千层腌菜回家，当晚餐桌上就会出现这道美味料理。千层腌菜的制作方法，是将大头菜切成八分之一的圆形薄片，再将重叠三四层的薄片沿着盘皿边缘整齐排好；另外还要处理和它味道十分搭配的腌水菜，将透着翠绿色的水菜拧干水分后，摆放在盘子另一端就可以了。

掀开运送千层腌菜的桶盖，视觉瞬间受到的震撼是笔墨无法形容的，就像绽放的花朵一般。掺杂着许多昆布的白色圆形芜菁，周围摆放一圈水菜，还有红色食材的点缀。白色、绿色、昆布的黑色以及红色，每当打开桶子准备动筷时，又会觉得夹起芜菁来吃实在好可惜，可见其色彩之丰富缤纷。

"近清"的店门前摆放着商品，附近居民常会过来买个一两天分量的腌渍品，顾客中也有小茶馆的女服务生等。店里除了京都千层腌菜之外，还摆着许多装有各式酱菜的大桶。白萝卜、腌黄萝卜、白菜、大头菜，无论哪一种都很美味，口味的咸淡也有多种选择，客人可以随意挑选一些带回去尝尝，实在方便极了，就好像是自家厨房的延伸一样。所有的商品不分价格高低全部陈列在一起，风格十分朴实。我很喜欢这里，在此心灵可以得到歇息。我只买这

家的京都千层腌菜，别家的我都不要。上代老板的老家就在我所居住的向日市附近，所以我们的交情并不只是单纯的商家和客人，感觉上我们就像亲人，共同居住在相同的生活圈中。母亲去世时，他还带着奈良酱菜[1]到灵前祭拜，实在令人感激。

　　超市里也同样摆有许多篮子。买东西的客人和商家之间未曾谋面，彼此也不相识，可说是毫不相关的买卖关系——虽然无论是肉类食品，或是各类蔬果都应有尽有——但对我而言，这不是便利性的问题。这个东西要去哪里买，那个东西一定要用这家的，当我决定好就会直接前往购买。或许有人会觉得这样很奢侈，甚至可能会说，不过就是吃的东西罢了，干吗要那么费事跑

---

[1] 用酒糟腌渍黄瓜等食材的甜酱菜，因出自日本奈良而得名，也有说源自唐高僧鉴真第六次东渡传入的扬州酱菜法。

（上图）位于东山三条的"千鸟醋本铺"。从前父亲会特地跑到这里买醋。整间店铺洋溢着一股老店特有的气氛，给人沉稳、安定的感觉

那么多地方去买，闲着没事做啊。但是，生活这件事，特别是在京都过生活，本来就是会和许许多多的人相遇，和众人产生某种关联啊。

"来买东西啦，千层腌菜的季节又到了。时间过得真快啊，一年又过去了。你父亲的身体状况如何啊？"

"还算硬朗啦。你们过得好吗？"

像这样一边热络地打招呼，一边包装商品，老板还会询问客人是要这个还是那个赠品，真的是非常亲切。像这样人与人之间有所交集，人情味浓厚的感觉才是我真正想要的。

当父亲还很健朗、能够精力充沛地到处走动时，也常会为了某些东西到特定的店家去买，例如"醋"。这些日子以来，只有我和父亲两人一起生活，因为工作过于忙碌，所以我们家的生活比起以前变得简单许多。从前父亲会为了买"村山千鸟醋"而特地跑到三条通去。说起来，母亲有时也会觉得为了买个醋特地跑到三条通有点大费周章（其时也可以马上请隔壁的店家送醋过来），但是父亲因为喜欢所以不嫌麻烦，在这个还说得过去的借口下，我们也就由着父亲辛苦跑这一趟了。

某天父亲又要去买醋。当时，父亲带着他为了购物和到大学时携带便利而特别定做的大皮包出去。只是出门买个醋就回来的父亲，一进门，大皮包居然散发出一股怪异的味道。大家对那怪味议论纷纷，而父亲的解释更是让我们惊讶。

父亲到了"千鸟醋本铺"后，买了一瓶一升容量的醋，装进皮包里，回程顺道去了位于四条通的百货公司。父亲将皮包放在玻璃陈列柜上挑选东西的时候，女店员一个不小心（父亲是这么说的）把皮包弄掉到地上。当然，里面的瓶子摔破了，虽然皮包所用的皮革还蛮厚的，但味道还是慢慢飘出来，整个皮包也湿了。

"她完全不关心我的状况，只担心自己的商品有没有受到损害，这种店员真是不像话。"父亲怒气冲冲地说道。非当事者的我们当然无法了解事情的真实状况，总之，父亲和醋之间的关系偶尔也会有如此悲惨（或者是用"酸"来形容）的状况发生。这个印象深刻的回忆让我在描写的此刻，隐约在字里行间还闻得到一股皮革和醋混杂而成的怪味呢。我想下次还是说些香甜的故事吧。

充满奥秘的京都和果子

京都和果子的博大精深令人无法想象。我相信，某些人的糕点人生，是像我们这样过着普通生活的平常百姓所无法想象的。京都有许多日式糕点铺，店头都装饰着镶上美丽螺钿[1]的叠层糕点盒，若你询问他们的创业年代，店家可能会告诉你那店从嘉永年间[2]就开始营业了。哦，感觉上没那么久嘛，或许你会这么想，但许多老店铺其实拥有更悠久的历史。

和果子铺共分成几个流派，有镒屋系、若狭屋系、龟屋系、笹屋系等，每个流派都发展出许多优良店铺，每间店也都自创有独特口味的糕点。我个人喜欢的是"镒屋"的益寿糖、"笹屋"的铜锣烧（这只有在弘法市集时，也就是每月21日那天才会制作[3]。至于"柏屋"的行者饼则是在祇园祭时，洗涤神轿的那一天[4]才会制作）等。

除此之外，京都还有许多不为人知的隐秘店家。这么说或许有点奇怪，但一些和茶道家有往来的店铺，主要制作茶会专用的点心，并不会将商品展示在百货公司或店面上。除了客户订货，店家所制作的糕点是限量的，门外也没有醒目的招牌，看起来就像普通的住家。这些店的点心都是珍品，例如我很喜欢的生果子、薯蓣[5]等，无论哪种都是顺口香甜的美味。

京都也有许多制作年糕点心的店铺。一般人或许会觉得制作

---

[1] 在漆器或木器上嵌入蚌壳并磨平的装饰工艺，在中国唐代发展成熟后，于8世纪时传至日本。

[2] 1848—1854年，嘉永是日本孝明天皇的年号。

[3] 每月21日，京都东寺门前都会举办"弘法市"跳蚤市场和古董市集，约有1200家摊贩。21日是日本佛教真言宗的开山祖师空海（谥号弘法大师）的忌日，最初人们在这天来东寺上香，久而久之形成市集。

[4] 祇园祭是京都一年一度的庆典，历时整个7月。因17日会有京都29区全部参加的大型神轿巡游，按照日程7月10日会清洗神轿，巡游结束后的28日也要洗涤。

[5] 生果子是水分较多并包有内馅的和果子，如年糕点心、蒸子、馒头等，多为当天早上新鲜制作，保存期限很短。薯蓣是一种外皮加入山药以增加其细致与嚼劲，再包入梨馅的和果子，通常做成红白两色，适合初春时节食用。

位于今宫神社旁的烤年糕店"一和"。这里不仅糕饼
美味，店家也很有人情味（紫野今宫神社东门前）

生果子的商家似乎瞧不起制作年糕点心的店，但这些店从必备的年糕、红豆饭，到馒头点心[1]等，都相当美味可口。我想介绍一家具代表性的店——位于出市的"双叶"。这家店就开在我所喜爱的商店街之中，我会在之后的篇幅中介绍这条街。它是一间远近驰名的年糕店，店里各式各样的年糕点心精致得就像是民俗工艺品；白色的年糕外皮里包着满满的豆馅，其豆饼甚至造成大排长龙的抢购人潮。这类年糕店在8月的盂兰盆会时大多关店休息，京都呈现一片寂静的景象，从13日的迎盆到16日的送盆，店家会在门前悬挂牌子，告诉大家这段时间里每天要准备什么样的糯米丸子。

在固定的时节，这个拥有120万人口的大都市里，大家同时享用着各式和果子（还有年糕）：3月3日女儿节的日契（这种日式包馅糕点的外观颇令人惊艳）、5月5日的柏饼、6月30日的水无月[2]、中秋满月的赏月糯米丸、春分秋分时节法会上的豆沙糯米饭团……当然并不是所有人在节日都会享用日式糕点，但说它是全体市民的总动员却也不为过。至少我们家是一定会准备的，虽然只有两个人的家庭要解决掉六个赏月糯米丸有些勉强，但我们仍旧会把它当作一餐饭，努力地吃进肚里。这些淳朴可爱、流传已久的传统节庆习俗充满了温暖的人情味，让人每年都会满心期待它们的到来。

而京都大小乡镇的各个寺庙也各有独特的糕饼名产。城南宫的御席饼、北野天神的粟饼和长五郎饼、今宫神社的烤年糕，每一种都是质朴美味的名产点心。对我而言，最棒的莫过于烤年糕了，无论是外观或口味都完美得无可挑剔。用细竹签穿上略微烤过的小年

---

[1] 以小麦粉、糯米粉、荞麦粉等混合揉制的外皮包入小豆馅后蒸制的和果子，14世纪时从中国传入日本。

[2] 日本农历6月称为"水无月"，同时也是每年6月30日吃的一种京都点心。

祇园"键善"店内一景。他们成功地将深厚的传统
与日式糕点的华丽美感相结合。这里卖的"葛切"
可说是人间美味

糕，再淋上别具风味的味噌酱汁，没有过分甜腻的味道，让人不禁一口接一口地吃起来。我常拜托住在今宫神社附近的学生帮我带一些过来，课堂研讨会结束后，大家就聚在一起享用。其中有几位来自中国的留学生，他们也抵挡不住烤年糕的美味。

来自其他地方的学生并不知道什么是水无月，它和农历6月30日举行的祈神祛灾仪式有何深厚的关联。我每年都会利用这京都文化的一环，借机向学生们教授知识。我一边向学生说明贺茂神社的历史背景，同时在研讨会上让大家尝尝这道包着豆沙馅的三角凉糕，不分男女，日本人或中国人，大家一起喝番茶[1]配糕点。如此愉快的经验非笔墨所能描述，是我在大学任教时的难忘回忆。

我现在和一家老铺仍保持不错的往来关系。这间店是位于祇园石段下的"键善"，我们是在战后才知道这里的，彼此的交情深厚而珍贵。

那大概是二十几年前的事吧，时间可能还要再往前推算一些。当时我陪同父母亲来到这家店门前，店内看来很沉寂，让人完全无法想象它现在热闹得门庭若市。"键善"的老板娘相当亲切和蔼，一看到我们三个人，马上趋前招呼。

"欢迎欢迎，过来尝尝我们店里的糕点吧。"她一边招呼一边介绍我们试吃店内的点心。

"啊！这个味道！"吃了之后，父亲被糕点的美味深深吸引。那精致讲究的有盖陶瓷容器，一看便知是名工匠黑田辰秋[2]的作品；

---

[1] 叶片粗大的日本煎茶，摘取夏秋时节的茶叶制作而成，味道清香爽口，较苦涩，在过去是质量比较低劣的粗茶。

[2] 1904—1982年，京都人，日本国宝级木工艺术家、漆艺家。重视发掘素材本身的美感，作品以强烈的表现形式与个性魅力而闻名。

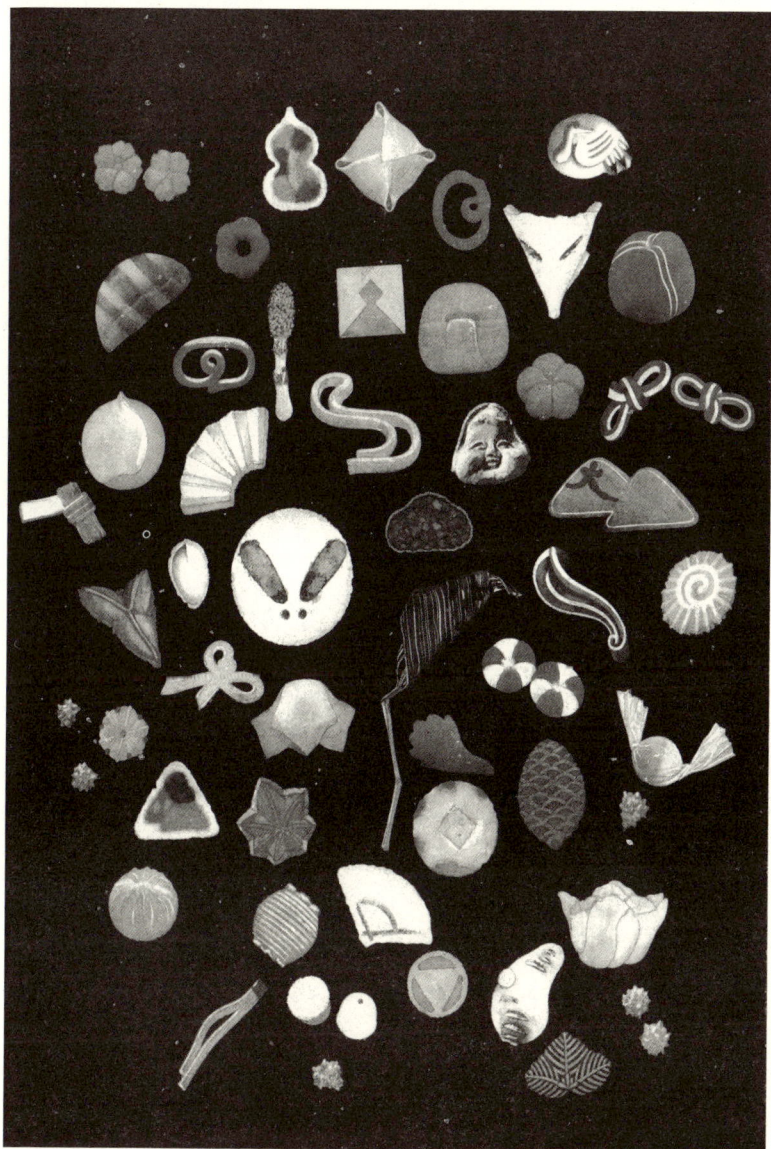

京都的干果子。缤纷的色彩和多变的形状令人瞠目
结舌，生怕吃进嘴里便破坏了它的美感。多样的外
观巧妙取材自四季鲜花、贺茂川的流水或篝火祭典
等风物

器皿内冰水荡漾，衬着葛粉制成的凉点，蘸上黏稠的黑蜜后就可以尽情享用了。

我曾经看过《女人之坡》[1]这部电影，内容描述某位年轻女性重振京都糕点老铺"键村"的辛苦历程，她和老师傅两人一同努力，终于调配出足以重振老铺的糕点配方。当然原著小说和电影都与现实生活并不相同，但"键善"重振家业、令人叹服的过去却是真实的，今西母子的奋斗历程也正如同电影中描述的那般曲折艰辛。

键善店原本和五条坂的河井宽次郎等人有往来，店里还摆放着黑田辰秋的柜子，这是他年轻时的佳作之一。

我们一行人就坐在店门前享用这道名为"葛切"的凉点，它无与伦比的滋味真是天赐之美，从现在"键善"门庭若市的经营状况就可以想见，这道点心有多令人垂涎。事实上，"葛切"的确广为京都人甚至游客所知。

原本非店面的二楼，现在也摆满了客用餐桌。点用葛切的客人相当多，所以店家不再拿黑田的作品当作装盛的器皿，而改向轮岛漆器店下订单，这些漆器的质量也相当的好。"键善"制作葛切时所用的葛粉选用上等的吉野货，虽然原料不太容易取得，但无论如何也要做出令人满意的可口点心。

许多客人都是为了享用葛切到店里来的，其实这里的生果子和干果子[2]也很好吃。母亲去世之后，我做法事时供奉的点心都是这里的。战后，"键善"一家努力经营店面将家业撑起的历程令人印

---

[1] 1960年由吉村公三郎导演的这部以京都女人为主角的电影改编自泽野久雄的小说《五条坡》和《爱的权利》。

[2] 干燥耐放的和果子，主要以糖和豆粉压制成各种造型，搭配清茶食用，如金平糖、仙贝等皆属此类。

象深刻，因此我想母亲的追思法事委托这家店帮忙是最适合的了。

这间糕点屋原本和民间工艺界有些渊源，也因为这样才会认识我们家。除此之外，我们两家之间还有一件很巧合的趣事。世上有一种"养子兄弟"的说法，而我们则有"写真姐妹"的缘分。大约在二十几年前吧，有一个"朝日写真"的企划，其中有关于女人风土志的连载，他们把某期主题设定在京都，决定选出三位京都女性代表。朝日新闻京都分局的人不知道是哪里弄错了，居然指定我为其中一位。另外两人分别是经营花店的桑原专庆之女，还有"键善"的独生女今西春子，她不仅帮家里贩卖葛切，甚至研发出名为"十三里"的烧烤点心，原料是地瓜，味道细腻、质量一流。但是怎么会指定我为京都女性代表！我几乎可以听到京都女性们七嘴八舌地闲言碎语着："什么嘛，怎么会选那个奇怪的人？为什么寿岳会是京都女人的代表，她粗手粗脚又小心眼，而且父母亲又不是京都人。报社的人也真笨，干吗选那种人啊，明明还有很多人选。"

幸好这些照片不会直接刊载在报纸上，只是采访行程的一部分而已，还不至于引起太大的注目。当时为我们拍照的摄影师木村伊兵卫先生，是个让人怀念、同业们都很景仰的伟大人物。

因为这个缘故，我当了木村先生两天的模特儿。我们以住家附近及府立大学等地为背景，拍了许多以我为主题的照片。最后发表的作品有两张。看过相片后，我不禁疑惑为什么这样就叫京都女性的代表。另外两位桑原小姐和今西小姐，她们发表的两张相片中都穿着和服，也都挑选富有京都风味的地点为背景，看上去无可挑剔。桑原小姐看起来优雅娴静，春子小姐的照片也有一种华美的感觉，相比之下我的照片真的是不知该如何形容。

因为这件事，春子小姐和我一下子就熟稔了起来，我们俩拥有的是"写真姐妹"情谊。这又是一段家族的二代交情了。婚后春子小姐和丈夫一起经营生意，在东山那边又开了一家店，做做让人喝茶小憩的小生意，生活过得很惬意；经营得也很不错。不管怎么说，看到这位写真姐妹过得如此幸福，我真的感到很开心。

一般店家所透露出的京都实力

我们家的饮食生活就这样随着季节交替持续着。回首过去，寿岳家确实得到许多人的照顾与帮助，才满足了我们的口腹之欲。除了那些老铺，还有不少店家提供我们日常的美味食物。住在南禅寺时，最让我难以忘怀的就是四处叫卖的煮豆摊。我的画里也出现过这间店，是内心中印象最为深刻的回忆。我们家很喜欢吃豆子，即使到现在仍旧如此；煮豆摊有许多的抽屉，里面分别装了蒸煮好的大豆、金时豆、黑豆、鹌鹑豆、甜豌豆等，光是看看就引人食欲大开。

我们家搬到向日市后，受到豆腐店的诸多关照。在战前，有一位在向日市开了一间名叫"镒屋"的商店老板常来家里拜访。他卖的全都是点心，扁平的箱子里分隔成许多小格子，里面放了仙贝、米果、软糖等试吃品，母亲会挑选其中四五种，一到下午母亲订的货就会送来。

战后，我们家的生果子以及前面提到的祭仪用糕点，都是选用"若狭屋"的。我也常会带一些旅游时买到的有趣乡土点心到"若狭屋"去。

"老板，你尝尝这个，还蛮好吃的。"我常用这种方式想让老板俯首称臣，但实际上，我反而学到更多关于糕点的知识。

"'洲滨'这个有名的京果子其实加了好多砂糖""这东西的材料就是这个"，我们会一边拆开点心的包装纸，一边像这样聊天，非常有趣。啊，想到那继承父业的儿子已经历练成如此成功的经营者，就不禁为自己日渐衰老而感伤起来。不过能看着他茁壮成长，真的令人相当欣慰。而这位"若狭屋"的第二代老板则是来自京都的北野。

读者们可以猜猜看我喜欢到哪里购物。

我不是很喜欢到超级市场买东西，虽然在那里可以一口气买齐所需物品，但我还是比较喜欢传统市场，尤其是商店街。先前提到的古川町就是其中之一，而我记忆最深刻的则是出町附近。漫长的大学生涯里，每当我搭车经过，总会向车窗外眺望。河原町今出川的北边开设了许多商店，看着那边热闹的情景心情就会觉得很愉快。

第一个商店群是小摊贩。虽然数量不是很多，但是鱼摊、化妆品摊、烤番薯小贩（先前在同一个·地点摆的是鲷鱼烧小贩）等都有。

第二个商店群是面向河原町通的各个店家，有鞋子、化妆品，还有位于最北边建筑雄伟的味噌店"田边宗"；另外，还有书店、花店、卖年糕点心的"双叶"，以及生意兴隆的肉品店"冈田商会"。这家店卖的肉既便宜又新鲜，颇受消费者好评，但是我最佩服的是它的建筑。这是一间有红砖屋顶的古典风格雄伟建筑，与肉类这种近代化的商品相对应实在有趣极了。在半途转往西走，可以走到另一条更有趣的商店街，也就是我最喜爱的古川町商店街。

"唉，从前这条街可是热闹非凡的。"了解这条街历史的人或许会感叹地说道。不过，这条街现在也还算十分的繁荣。

位于出町柳旁的京都味噌酱菜店"田边宗"。出町柳
一带是我最喜欢的街道之一，沉稳的建筑透露出的洗
练美感深深攫我心（上京区出町形上行途中）

新芽吐绿的出町柳。四季流转中始终
生长着的大柳树

母亲生病后，住进了古川町商店街旁的府立医大附属医院，连同母亲住院的一年零九个月，前后算起来差不多有三年的时间。我每天探视过母亲，都会顺道走一趟商店街。蔬菜店、豆腐店、衣料店（里面也卖很多和服）、肉品店、糕点铺、茶屋等，每家店的商品种类都一应俱全，像豆腐店连新鲜面筋也有贩卖。新鲜面筋是京都的代表商品之一，感觉很像是高级食材，其实在京都的一般商店都可以买到。这也展现出京都店铺里确实应有尽有。

支持京都人生活的大街

　　最有趣的是，在熙来攘往的商店街上一定会看到市集，这样的组合仿佛是天生的一对。商业街之间也常常有市集相连接，从一片市集就会走到另一条商业街，实在很令人好奇。

　　当你走在商店街上，购买欲便会油然而生，真是不可思议。若稍微远离市集往东边走，就能看见一大块像广场的空地，旁边就是贺茂川沿岸，这里刚好是贺茂川和高野川的汇流处，附近有一块大三角洲，是个风情万种的好去处。河的对岸即为贺茂御祖神社（下鸭神社），那里的感觉又和这儿完全不同。如同地名"出町柳"一样，沿岸柳树翠绿的枝丫随风飘荡，极为诗情画意。

　　这里离京都大学很近，走路不用十分钟就到了。从前我有个习惯，当时我刚从东北帝大毕业，接着进入京都的旧制研究所就读，我常常在研究会结束之后漫无目地四处闲逛，有时会走到这附近，坐在三角洲上和朋友谈天说地。那个时代不像现在有很多漂亮的咖啡厅，我们就在那里聊着学问，度过充实的时光。当时出町的商店街究竟是什么样呢？应该还没有开始发展吧。但经过四十年的

光阴，现在已经可以看到岁月为这附近所带来的繁荣。

　　一说到京都的市集就会想到"锦"。这个市集过去与京都人的日常生活息息相关，是实用性相当高的市场，不论是餐馆老板或一般大众，都会来这里采买生活用品。最近锦市场变成远近驰名的观光景点，路上常有一眼就知非本地人的旅客结伴前来参观。

　　锦市场和其他京都的市集相较确实与众不同，这里有许多质量精良的货品，种类之丰冠居全市。我也常常到锦市场逛街购物，除了购买食品之外，也会来这儿找些包装纸，或是拖鞋等家居用品。

　　京都还有其他较大众化，或是比较能够轻松购物的商店街，偶尔到这类型的街道逛逛也挺不错的。像千本通就是一例。市内电车还通车的时候，那一带比现在还要繁荣发达，商店街至今还是很努

（上图）并非处处都是古都风情。京都人从古至今便一直追求着流行的脚步。这是位于北山通的精品店，以年轻人为顾客群的"安奴·莫内"

力地经营着。从大宫通往北直走，北大路南北附近也是充满朝气、让人兴味盎然的购物圈。

松原通是位于四条稍南、一条横贯东西的大道，我还记得以前这里繁华热闹、车水马龙的景象。而我之所以会来此处，是因为女校时代的朋友就住在这边。

那是我就读府立第一女子高校五年级时的冬天，当时 NHK 的学校广播节目选中我的学校来表演，校方决定表演合唱。音乐老师选了几个人进行魔鬼训练。我们要演唱的曲子共有两首，一首是舒曼《流浪之民》(Gypsy Life)，另一首是日本人作曲的《四季初绽之花》。《流浪之民》这首歌的女高音和女低音分别有一小段独唱，而我被选为女高音的独唱。对于喜欢唱歌的人来说，独唱是一件令

（上图）位于柳马场通三条的"竹内电气商会"。木造房屋的侧面墙壁有一种古朴之美（中京区柳马场通三条上行途中的中之町）

3 我家的饮食生活 163

锦市场的澡堂"锦汤"。这栋矗立在京都中心区的木造三层楼房有着浓厚的京都风情（中京区堺町通四条上行途中）

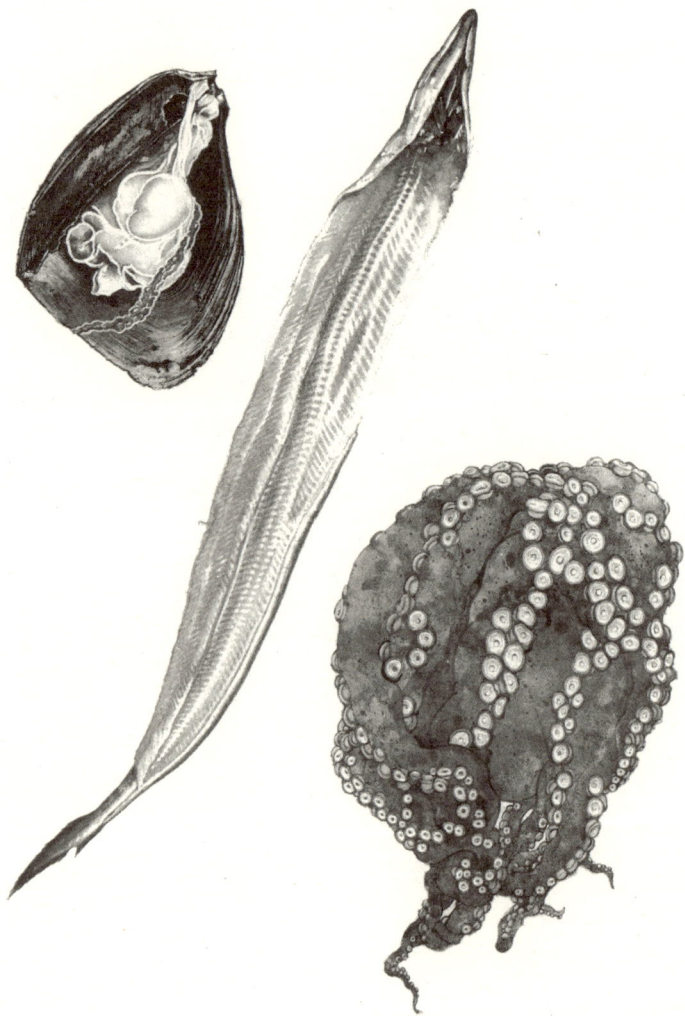

锦市场的鱼虾贝类。这里是濑户内海、若狭等
近海地区的鱼类集散地

人欣喜不已的事。"少女舞动曼妙身躯……熊熊火焰照大地……管弦音律沸腾喧嚣……"和着旋律唱出美妙的歌词，实在是很愉快。我并没有特别学过音乐，对于热爱音乐课的我来说，那段日子真的过得很快乐。事实上，母亲对于学习才艺这种事极端厌恶。她不让我们学习任何才艺，只希望我们埋首于学问，对她来说，举止合宜的女性是不需要学习这些的。我对音乐很有兴趣，音质也不错，每当我哼起歌来就心情愉快。虽然我也想过，如果我正式学习唱歌或许会有不错的发展，不过当时我还是遵从母亲的想法。所以，那段以广播节目演出为重大目标、每天中午休息或放学后都加紧练习的时间，对我来说就像是天降的喜悦。

《流浪之民》的独唱部分有一些半音阶的旋律，需要相当的技巧来掌控。家里没有钢琴，但是我又想和着伴奏好好练习这一段，幸好位于西洞院松原东边某家店（我现在已经不记得他们是经营什么买卖的了）的女儿和我同学年，钢琴弹得非常好，而且她也参与了这次演出。平常从四条宫搭私铁回家的我便稍微绕路到她家，请她帮我伴奏练唱，于是我第一次到了松原通。她是个亲切爽朗的女孩，因此当她爽快地用京都话对我说"来吧，来吧"时，我也就壮起胆去了。

我们走进她家摆设钢琴的房间后，她立刻弹起《流浪之民》的旋律。我盯着乐谱看，忽然发现房间的一角有异状。天啊，那边竟然躺着一位老爷爷！我吓得张大了嘴，嗓子就像被卡住一样完全唱不出声来。

"这样不会吵到他吗？"

对于我的顾虑，她若无其事地回答说："没关系，没关系。"

虽然我蛮犹豫的，但还是听了她的话开始练唱。之后她还请我吃寿司。这天的练习成果让人相当满意，不过，我记得那位老爷爷似乎在我们练习途中就离开房间了。

伴随着这段奇妙记忆的松原通，地域非常广大，街上各式各样的商家鳞次栉比，是个很适合闲逛的地方。这种大街对于周边居民的生活来说非常便利。或许还有许多有趣且充满京都风味的商店街是我所不知道的呢。京都是个街道纵横、充满生活情趣的大城镇，而支持当地居民日常生活的诸多大街，现在还在那儿为大家服务呢。

充满活力的东寺弘法市集

京都在每月固定的好日子会举办市集或庙会。现在这类活动减少了许多，有很多仍留着旧名称的市集，原本的流动摊贩已转型成固定摊位，例如熊野神社的夜市。还住在南禅寺时，父母亲常带我们到那儿逛。从前那个庙会的乙炔灯总会散发出难闻的气味，但仍无法降低并排成行的店家卖的商品对少女散发出的无尽魅力。我最喜欢的是卖戒指的小摊子。升上小学后，手不太灵巧的我开始热衷于串珠首饰。虽然也有人用南京玉（一种又圆又大的珠子）来做，但是用串珠做出来的成品会漂亮许多。最基本的做法是在细针上穿过丝线，穿进一颗颗珠子；若技巧较为纯熟，可以用两根针做出有两列或四列珠子、宽度较大的美丽戒指。或者可以仔细考虑配色后，用串珠先做出一朵小花，再做成戒指。我曾经打算做一只四列宽的银色戒指，不过直到长大成人了都还没有完成。把做到一半的戒指试着套在手指上，心想真是漂亮啊，那种少女时代的心情真是令人怀念。虽然现在我没有串珠戒指，但其他戒指多少也有几只，或许我天生就喜欢这种饰品吧，对戒指摊贩特别感兴趣。这些店卖的当然不会是小孩子做的那种用丝线穿成的戒指，而是由细铁丝做成，并经过精心设计。价钱大概是五分钱一个吧，只要买一个给我，我就会高兴得不得了。

有时候我们也会喝着冰镇过的糖水，吃吃逛逛后结束当晚的行程。这些全家人一同逛夜市的回忆特别令人怀念。

现在那里的摊贩数量已不比从前，但是从中午开始，陆陆续续也会出现至少十家以上的摊贩。几乎已经没有人知道过去的繁荣景象，但镇民经过摊贩前仍会驻足观望。

据说以前在三条京阪的暖王也曾有过早市，那时的热闹景象是现在怎么也想象不到的。民间工艺运动的创始人柳宗悦先生，就是在暖王市集领悟到民间工艺的理念，因而酝酿出民间工艺运动的。陶器、木工制品、编织品……虽然一般人对于这些东西看不上眼，但是在柳宗悦先生眼中，这些都是充满艺术光辉的民间工艺佳作。这些尢人欣赏、不被珍惜的日用品，不仅相当坚固耐久，简洁的设计、活力奔放的做工技术都让柳宗悦赞叹不已。

尤其在他来到东寺的"弘法市集"时，对民间工艺更是赞不绝口。战前昭和时期所举行的弘法市集，盛况空前，就如同宝山内的珍宝全部倾倒而出一样。如今的弘法市集和过去相较当然改变了许多，但仍可在这儿淘到很多好东西，不难想象这里早期的繁盛光景。收藏在东京驹场民间工艺馆的众多作品中，有几件就是柳宗悦在京都的弘法市集里找到的，其中就包括镇馆之宝。

父亲毕业自东寺中学，再加上他曾在那里教过书，我们自然也常逛弘法市集。父亲似乎在少年时就常去那儿闲逛。我家的盆栽有一些就来自此，这又是另一些趣事了，像是杀价杀到老板差点翻脸

位于大宫松原通的御好烧（杂菜煎饼）店"竹"。
模仿岁末南座剧院歌舞伎联演时"招"的招牌显得
非常大胆而与众不同（下京区松原通大宫往东）

东寺的讲堂。这座寺院无论从哪个
角度看都十分宏伟壮丽

等等。

我最近也常去那里。有时天才刚亮，天色还有点灰蒙蒙就出门了，因为有一位很喜欢逛东寺市集的朋友告诉我，某些古董家具如果不在刚到货时就去看的话是抢不到的。我按他说的时间前往一看，真的被那人山人海的景象所吓到，深深感受到喜欢这种市集的人还真多啊。

家里已经堆满了各种物品。深知我喜欢购物的父亲不禁担心道："别再买了啊。"边叮咛边目送我出门。"知道，知道。"我应了几句后便走出家门。虽然我很清楚即使买到喜欢的物品，家里也没地方可放，但最后还是买了三四件古董回家。

我在念女校的时候，因为染上白喉住进京大医院，河井宽次郎在探病时送了一个辰砂花瓶给我，那花瓶一直被摆放在饭厅的电视柜上。全家人一致认为花瓶的大小、浅红色调都和饭厅用餐时的热闹气氛很协调，所以就一直摆在那儿。母亲非常喜欢这个精致可爱的装饰品，在她去世后，我们便把它放在供奉母亲照片的佛龛中。

后来我家的电视换成较大的尺寸，电视柜上几乎没有剩余空间了。由于太大的花瓶放不下，所以我到东寺找了一个大小刚好、而样式也颇为中意的花瓶。这个作品为伊万里风格[1]，虽非完美无瑕，但还禁得起我家最严厉的批评家严格的鉴定，于是它便留了下来。这是一个小花瓶，插上一朵中等大小的菊花最适合了，现在已经是我们家重要的摆饰。

我在来自丹波园部町的旧家具店里找到一个小型衣柜，它的造

---

[1] 伊万里是日本九州北部城市，陶瓷器输出港，曾是江户时代专供幕府的御窑所在地，以伊万里烧、有田烧闻名。

型很可爱，和外面卖的风格不太一样。另外，我还跟来自关东地区的业者买了个木雕的不倒翁，父亲知道后，有点生气地要我有所节制，别再乱买东西了。

总之，如果想逛街购物，在东寺广大的寺域中接连并排的各种摊贩绝对是个好去处。我也会去那里买一些日用品，例如山椒粉或用来制作掸子的软棉布等。

到东寺一探，那里绝对会让你大吃一惊。天还未亮就已经有客人到这里寻找好货，随着天色渐明，往来的顾客渐渐增加，到了中午，寺内已是人山人海。虽然如此，举办多年的东寺弘法市集却从未发生事故，真可谓乱中有序。各商家的载货卡车遵守秩序并排停在固定的场所，摊位则是根据商品类别，依序架设在分配好的区域内。商品种类相近的店家全都并排在一起，这对购物的客人来说非常便利。

到哪里逛好呢？有些人一开始就跑到古董店去，也有看起来像是农夫的人对在百货公司买不到的厚实衬衣很感兴趣，或许是适合拿来当工作服的缘故吧。每月21日才突然现身的神奇王国，就像是魔法师将魔杖一挥所变出来的魔法，无论多小的空地都摆满了摊贩，而购物者的走道空间也设计得很通畅。一路走来可以听到各个小摊的招呼声，各式美食香味扑鼻，关东煮、鲷鱼烧、烤鱿鱼……

在这令人叹为观止、井然有序的市集后面，东寺的和尚们应该还是一如平常地工作着吧；只要想到那个画面就觉得很诡异。经过一夜之后，所有的热闹喧哗不知道都跑去哪儿了，众多摊贩也消失踪影，仿佛是一场幻梦。如同无常的世事。

我参加东寺弘法市集的资历算浅的，父辈的人都说以往的市集

（右页图）在东寺讲堂外的回廊休息
一下，在此可以充分地休息

这里无所不有，真是太有趣了！热闹喧嚣的东寺"弘法市集"是每月21日突然现身的奇妙王国。就好像魔法师挥挥魔杖，用神奇魔术把所有摊贩全都变出来一样

规模还要大上许多，比起从前现在反倒比较简陋。据说过去珍品数量丰富，质与量兼备。光就这点来看，如今的状况确实是逊色了些。

距今四年前，大概是 2 月底的时候，我就读女校时所写的日记中有部分精彩故事被集结成书，在这同时，以这本书为基础拍成的影片也在 NHK 分成四集播放。那是一个叙述人生百态的系列片。第四集播映当天正好是 3 月 20 日。为了躲避系列结束后来自各方亲友的询问电话，我急急忙忙地出了家门。那时夜色已深，大概是晚上十点半。

虽然听起来有些疯狂，但我为了参加隔天一早举行的弘法市集，决定投宿在东寺附近的饭店。好几次我想要参加"末弘法"（12 月 21 日）和"初弘法"（1 月 21 日），但都因运气不佳，不是刚好感冒就是有事在身无法成行。据说 3 月的弘法市集又称作"御影供弘法"，当天也会特别热闹。这一次我下定了决心，无论如何都要参加。

在天色未明的清晨，我的大学同学，一位非常爱逛旧家具的友人在大厅等我，邀我同行。当时我的心情就像回到学生时代一样，当然欣然答应了。

八条通上已经有很多行人来往穿梭。进入东寺寺域，里面早已摆了许多摊子，有海产店、蓝染[1]洋装店、旧家具店等。真想到所有摊位逛逛啊。我朋友是购物的个中高手，他通常都先观察卸货的商家，之后再出声购买看中的物品。

我们沉浸在悠闲的散步乐趣中，大概逛了两个小时吧。我买了

---

[1] 早期平民用植物染成的深蓝色布料，色泽厚重朴实，除了日本，中国大陆和台湾早期也都广泛使用这项技术。

一个可以背在身上的手提包，由三个类似小型行李箱的箱笼叠在一起，上面带着图案，这款皮包大概有三四家店同时贩卖。

天色已经大亮。阳光洒满街道，来逛街的人也越来越多。好在天气晴朗，我的心情也非常愉悦。人群的活力让同为血肉之躯的我们确实感受到身为人类的存在感。朋友抱了几件用报纸包好的陶器，然后我又在中部的摊位上发现了有趣的东西，似乎是佛教团体的妇女会所使用的爱国妇人会[1]的披肩带子，是件有着菊花图样的珍品。我想到这条带子可以作为某项私人工作的间接数据，打算买下它，但是一问价钱还真不便宜，四千日元。哇，好贵啊！可以算两千吗？这是我有生以来第一次尝试杀价。结果老板拒绝了。我也曾想过四千元就四千元吧，但是最后还是作罢。至今想想仍有点后悔，如果当初买下来就好了。这样的小插曲都是参加弘法市集的有趣故事。

大概在两年前，我又到市集买了好几尺软棉布。我对看店的老板娘说出我需要的长度。

"很贵喔。"她对我说道。

"没关系。我有用处的，就买这些吧。"我边说边掏出钱包付账。

"大部分的客人都会跟我杀价，只有你这么爽快就付钱，真是豪爽。算我败给你啦。"结果老板娘主动给我打了一点折扣，实在是一次有趣的购物经验。人与人之间的交易充满了人情味，这种感动是以机器设备买卖的超市购物所感受不到的。

和超市截然不同的购物商圈，例如东寺的弘法市集，现在在

---

[1] 奥村五百子（1845—1907）于1901年发起的妇女组织，主要由上流阶层的夫人组成，宗旨为抚恤阵亡者遗属和照顾伤残士兵，1942年被整合为大日本妇人会。

京都仍可见芳踪。许多在弘法市集摆摊的店家也会跟着参加 25 日举行的北野"天神市集"。与同样的摊贩再度相遇，又是另一种情趣所在。

京都的街巷百态

从巴士车窗望出去，常常会惊喜地发现："啊！这里好像蛮值得逛逛的⋯⋯"对我而言，这也是一种幸福。

除了北野区以商品种类繁多、价廉物美而闻名的下之森一带，我更喜欢位于东山区泉涌寺附近的商店街。在气氛庄严肃穆的名刹——泉涌寺周围，竟坐落着许多朝气蓬勃、活力十足的商店，真是一种奇妙的组合。

此外，1987 年秋天在京都举办的世界历史城市会议中，让外国宾客赞赏不已的清水产宁坂[1] 及其他大大小小的商店街，虽说是以吸引观光客为主，但这些地方也的确各具特色。

然而，最具京都独特的高雅气息、堪称"商店街之王"的，当然非寺町商店街莫属了。至于对它情有独钟的理由，且听我娓娓道来。

京都有许多专门贩卖某一类商品的街道，比如家具街、烧烤店街之类的。在众多的街道中，我们家最常造访的就属二条通的药店街了，其中位于二条通与乌丸通交接处的和汉方药店"千坂药铺"更与我们家有着深厚的渊源。

---

[1] 清水寺是被列入世界文化遗产的古都京都文化遗产之一部分。清水产宁坂周边街市是清水寺传统建筑物群保存地区。

清水产宁坂是洋溢着京都风情、独特又可爱的街道，
许多观光客都会来这里

父亲的嗜好是收集各种药品，中药、西药、日本药一应俱全。打开书房墙壁上的大书柜一隅，左右对开式的柜门里面塞着满满的药，治头痛的、治跌打损伤的、治肚子痛的、治感冒的，只要是市面上买得到的药，这里几乎都会有。

现在父亲的身体毛病不少，只是药的来源变成医院罢了。尽管原来的"书柜药房"已经药满为患，家里的空罐及竹篮里也塞满了药，热爱中药的父亲仍完全没有节制。

日本的汉方药与中药的确具有西药没有的疗效。记得以前母亲得了严重的荨麻疹，看遍医生、试过各种疗法都不见起色，折腾了好几个月，结果竟然靠着药草茶根治了病源。后来，我们也就接受了这些东西有时候的确有效的事实。

受父亲之托，现在频繁进出"千坂药铺"的人变成了我。而千坂家现在也改由第二代接手经营，在店里勤快招呼客人的是前代老板的儿子。我其实很喜欢去这家店。因为那里有许多不可思议的药材、萦绕满室的药香和满是小抽屉的可爱柜子，是个清新而充满东洋魅力的小小宇宙。于是，我也买了"八味丸"[1]和泡澡用的药草回家。

我也曾走访那充满南座剧场回忆的绳手通。这里卖的琴弦可以拿来吊挂扫帚或鸡毛掸子，十分实用，不但很容易就能穿进洞里，而且比什么都坚韧，使用很久才会断裂。因为父亲不小心把之前买的弦给弄丢了，我才有了造访这家店的机缘。那是间坐落在光鲜亮

---

[1] 典出东汉张仲景《金匮要略方论》，又名八味地黄丸，由熟地黄、山茱萸、山药、泽泻、茯苓、牡丹皮、桂枝、炮附子组成，温养下焦，补益肾阳。可治疗虚弱无力、手脚冰冷、排尿异常、肾虚等症状。

乌丸二条的和汉方药店"千坂药铺"。各种不可思议
的药材让店内充满药草的清香

丽的街道，仍象征着祇园昔日繁华的三味线琴弦店。像我这种怎么看都不像是会来店里光顾的人，要是被店家当成是来做历史考察的话，我大概要羞到挖个地洞钻进去了；不过，我还是鼓起勇气走进店里，说道："不好意思，我想找吊扫帚用的线。"

幸好店里的人不以为意，还跟我聊了几句。心情一好，我便想干脆一口气把这辈子会用到的量一次买齐算了，结果买了一大堆回家。这也是一种不自觉的奢侈吧。

我们家的购物春秋，就这样在京都的街巷中一点一滴写成。或许这样的购物生活不过是略有特色，我却深深沉浸在这种静谧而温暖的幸福之中。

4

我家的精神生活

京都市街中偶然可见屋脊两端造型特异的鬼瓦

真切而实在的京都街巷

最近，我迷上了在京都街道漫步的感觉。我从前就很喜欢信步闲逛，不过随着年龄的增长，愈加能享受散步的乐趣。

前一阵子借着办事之便，到东京青山附近逛了一下，大马路对面是一整排高级建筑物。店铺内陈列着缤纷的流行商品，极尽巧思的新颖装潢争奇斗妍，大胆的装饰与传统插花相搭配，完美融合了复古趣味与前卫艺术，让人深感佩服。

然而走进规划中的地区，我却不免感到震惊。拆迁后的空地、空无一人的破屋，插着未来大楼所在地牌子的广场更是杂草丛生。这样荒凉的情景如果就是东京盛行的"土地重建计划"背后的真面目的话，也实在太令人心寒了。

京都似乎也面临街市重建的危机，许多住家也因此群起抗争。我也开始觉得这件事与自己息息相关。毕竟是我所生长的京都正面临着这个迫切的危机，当然不可能假装事不关己。

还有人反对在举行祇园祭的鉾町上建造新大楼，或许是希望保留京都古韵深远的街市风貌吧，我边走边这么想着。尽管长久定居于此，我仍对今天京都街市的变化感到惊讶。

旧市区里究竟有多少条大街小巷呢？如果能够全部走遍该是多么有趣啊！

京都有许多很窄很窄的小巷，例如葭屋町、栉笥町通等等，这些光听名字就让人的思古之情油然而生的小街道，至今仍保留着中世纪日本的风貌。大都市里竟还有如此小巷，令人无比诧异。不论是风格简洁明快还是古色古香的各式房屋，都有着京都独特

三条通上的旅馆"大文字家"。繁华街市中的深幽小径是京都特有的风格（中京区三条寺町东）

木屋町通与三条通交接处的武市瑞山寓居遗迹。外门到内门的通道堪称一绝，由此仿佛可以一窥维新志士们所开创的世界

木屋町通四条通路口人家的竹篱笆通道，这也
是一项经典之作，有着极致的宁静与纤细之美
（下京区木屋町佛光寺上行途中）

绫小路通的横街，左边是杉本家。京都的街道飘着
皑皑白雪，幽长的小径仿佛能通往内心深处（下京
区绫小路通新町往西的矢田町）

的韵味：生子壁[1]，低矮的二楼，以及细小的窗格。这种窗格设计很适合从屋内往外看，但从外面却看不见屋里。

在地方首长选举如火如荼展开的年代，从其他地区远道而来的助选员口耳相传："京都是个很难搞运动的地方。这里的人仿佛会从细小窗格的另一面，竖起耳朵偷听我们的计划，这种情形在东京或其他地方是很少见的。"的确，从宛如鳗鱼窝的狭窄居所仔细观察外面的世界，这也是京都人的一种生存方式。京都人家的外在或内在都不免给人如此的感觉。

走在大街上，总会有各式各样的东西映入眼帘：骑在屋顶上的驱魔钟馗、华美的挂帘、分隔两家的矮树丛或花卉，还有许多石地藏菩萨像。

街边的建筑物也很吸引人。京都有不少老旧的洋楼，有些由漂亮的红砖砌成，也有不少如教堂般充满令人怀念的气氛。位于乌丸下立卖路口的平安女学院校舍，也是一栋气质安详沉稳的老建筑。环顾其他围绕四周、同样沉静的古老房舍，有如古代绘卷上的景致，让人觉得时间仿佛在这里慢下了脚步。这附近的东侧几乎全都是京都御所[2]的范围，从蛤御门起的几个门往东望去，可以发现御所内是那么的宽广；而从门内望见的东山，就像一幅被框住的巨大画作。

不管走到东西南北哪一条路，都能发现许多极致美好的地方。到处都有一种非关繁华或热闹，却是安定而扎实的存在感。

京都引人入胜之处，不单是这些豪华的建筑，普通人家之间

---

[1] 一种表面有凸棱格子花纹的墙壁。

[2] 又名京都皇宫，是日本皇室在1868年明治维新之前的住所，现在皇室一家住在东京千代田区。

古都京都有不少豪华的洋楼。这间位于东山、五条通路口，
是日本最早的烟草工厂，现为一家洋装裁缝店

位于三条通上，建于明治二十三年的仕女用品
店，充满高级名店的雅趣（中京区三条通、富
小路路口往东）

位于三条通上，建于明治三十五年的中京区邮局，
用"洋楼"来称呼是最恰当的了（中京区三条东洞
院通路口往东）

位于日本生命三条大楼的"Gallery INODA"。
繁华京都的象征真实地存在于京都市街中
(中京区柳马场通往三条通方向中之町)

同志社大学校园中的克拉克纪念馆，也是我
最早的工作地点。新旧建筑物互相辉映着

大长屋不知是否正守护着在广大墓园中长眠的死者！智积
院北侧的墓园宽广绵延，无限深远……

不起眼的过道也别有一番风情。过道的建筑结构十分奇妙，上接房屋的二楼，内部狭窄而幽长，得走上一段距离才能到达尽头，其间更密密麻麻地挂着各家的门牌。记得有一回造访位于这种巷弄深处的某团体办事处，真的是非常有趣。没想到在如此幽静的地方竟然存在着这么巨大的建筑物，宽广的空间甚至能容纳三四十人在此聚会，不禁令我大呼有趣，忍不住东摸摸、西瞧瞧。

就我所知，京都地区的平均房租并不是太贵。京都有许多大正时代遗留下来的老旧长屋出租，据说它们的租金相当便宜，许多研究人员来到京都就借住于此，因此颇受好评。

常听专门的建筑从业人员说，京都有许多相当有意思的长屋[1]。往智积院的墓园走去（蜷川虎三先生[2]的墓就位于此地，因此我时常来此凭吊），由北边而起的整排长屋一眼望去无边无际，随着东高西低的地势绵延不绝，就像河流往西而去。

几经战火洗礼后，京都人重新开始一步一个脚印地向前迈进，不在乎外界权力斗争，谁掌握实权也无所谓，踏踏实实地经营着生活。无论是何种职业、何种生存方式，京都人总是让人感到一股敦厚的气息。

我也行至日本各地，造访了不少人称小京都的地方，发现到处都有不同的美景。然而，这些地方的景致虽让人觉得如梦似幻，却还是有梦醒时分，唯有京都恰似一场无尽的梦，无限延伸着，却又随时给人惊喜。

---

[1] 江户时代的大杂院。一栋屋舍区分成数个约三坪大的隔间，供市民或下级武士居住、租借，屋舍之间往往彼此相连成一长串，有些则会将住家与店面结合。

[2] 1897—1981 年，经济学家、统计学家，1950—1978 年连续七届公选为京都府知事。

令人心醉神驰的寺町通

到了近代，南禅寺以南的街区已然成为宾馆集中的红灯区。尽管如此，或许将来有一天，它又会转变成一个能够滋润荒芜人心的地方。

在繁华的大街上，有几间店最能让我放松心情，也是我打从心底喜欢流连的地方。在京都多不胜数的商店街中，寺町通尤其深得我心。虽然现在的寺町通与我记忆中的模样不太一样，但是整体上仍保留着原有的独特气息。寺町通之所以如此别具韵味，大概是源自它的包罗万象。与四条通交界以南的一段夹杂着许多寺庙和人气电器专卖店的奇妙组合；以北一带则有许多卖布料、箱包和食物的店家。经过佛具店、茶叶店、陶器店等杂沓的商家来到三条通附近，隐约可以感受到一种高尚的气息。原因之一是这附近可以看见许多旧书店，还有许多老字号的文具店（当我还在念小学时，就是在"文适堂"买书包的，还顺着当时的流行语法，写了篇叫《我是书包》的文章）。此外，这里也有不少不错的点心店，连卖烤地瓜的店铺都是老字号。从蜂蜜蛋糕店"桂月堂"再往前走，还有二条通上的"开新堂"。这里除了橘子果冻的美味堪称天下一绝之外，更重要的一点就是店员的服务态度十分亲切，店内的铺陈摆设也都保持着第二次世界大战前的模样，让人感到十分舒适。

"鸠居堂"也是我常造访的一间店。以往书道盛行的时期，店里总是聚集相当多的客人，好不热闹。除了各种高级的笔墨纸类，还有许多让人百看不厌的有趣商品。就连"投扇兴"[1]这种从前流行

---

[1] 江户后期流行的新年游戏，在一米的距离外投掷扇子，把置于台座上、名为"蝶"的铜钱串饰打落者为胜利。

的玩意儿，也可以在这里找到现代复刻版。而提到"鸠居堂"，就让我想起"蛇顶石"这种不可思议的东西。每次走到南禅寺或向日市，总会被蜈蚣所困扰。南禅寺周围树荫多，晒不到太阳，而向日市附近又都是空地，积了一层杂草与落叶；不知道是不是因为这样，一到夏天，这两个地方就成了蜈蚣出没频繁的"地雷区"。住在那边时，经常可以听到我惊声尖叫。有时候晚上睡觉也会被蜈蚣蜇那么一下。后来，我试着写了一本蜈蚣日记，记录某月某日大概几点钟的时候，发现什么种类、多大的蜈蚣，用什么方法杀死它的，甚至还整理成表格。让人惊讶的是，有时一个夏天竟然能发现五十几只蜈蚣。大约四年前，为了消灭白蚁彻底进行了一次大扑杀之后，蜈蚣的数量才大大减少。

被蜈蚣咬到很麻烦，不过我们家的人却不担心，因为我们有蛇顶石。这种石头的底面是平的，将平的那面弄湿后，"啪"地贴在伤口上，说也奇怪，石头就像黏住了一般，紧紧附着在皮肤上，即便稍微动一下也不会掉落，过两三个小时后，石头会自动脱落。然后将其置入装满水的洗手台，疑似被石头吸进的毒素变成了气泡，"咕噜咕噜"地冒出水面。而被咬的伤口虽然还有些红肿，但火烧般的灼痛感却已消失无踪。这种石头可能是从中国传来，只有在"鸠居堂"才买得到。我们家里原本有很多个，却因裂开损坏而越来越少；现在硕果仅存的一个，边缘也开始有些磨损。这种石头对治疗各种毒虫咬伤的确别具神效，比氨水什么的都好用，真不愧是蛇顶石[1]。

---

[1] 与民间称为"蛇石"或"黑石"的东西相似，是一种人造石，被认为是用动物骨头烧制而成的，过去在非洲、南美和亚洲都有使用。有人认为蛇顶石的作用主要来源于其中雄黄的成分，但目前尚无科学依据解释这种民间疗毒法。

寺町通上的竹苞楼店内光景。从跟富士谷御杖、木
村蒹葭堂、赖春水等作家颇有交情的第一代老板算
起，现任老板佐佐木惣四郎已是第七代了

历经七代店长的古书店，有着独特的沉稳气息。
店里就像仓库一般，到处堆放的木版多到几乎要
满出来（中京区寺町、御池通路口下行途中）

可惜"鸠居堂"现在已经不卖这种东西了，店员也没有听说过。不过，我真的希望这样的好东西能被记载在"鸠居堂史"里。据说，中国的某本书上记载有跟这种石头类似的东西，所以我想，它应该是从前经由中国进口到日本的吧。在这个人类已经可以登陆月球的时代，被小小蜈蚣咬一下却还是很困扰的。为什么以前有的东西现在却消失了呢？每次想到蛇顶石，就让我越来越不明白现在的世界究竟是进步了，还是退步了。也正因为蛇顶石，使得我们家的人与"鸠居堂"的关系颇深。

从前的寺町通有许多跟书籍有关的店。除了"鸠居堂"附近新旧掺杂的书店，还有许多不错的店家。其中"竹苞楼"更是数十年如一日，没什么改变。现在，书店前的长板凳全都堆满了书，据说以前这里是供客人休息的地方。我偶尔也会造访这里，看看有什么旧书，有时也会买上一两本。经过这里时，若是碰巧看到有人走进店里，总会莫名地松一口气，这种感觉实在蛮奇妙的。

当我问道："请问您是第几代店主？"只见老板佐佐木惣四郎若无其事地回答说："第七代了。"

如此算来，"竹苞楼"应该是创业自江户中期。京都有不少店家都有这样的历史。有一次收到人家送来东京的和果子，发现包装内的说明单上印着"创业于昭和十四年"（即1939年）的字样，心里不禁悻悻然了起来。当然我并不是觉得不好，只是对于生长在京都的人来说，"创业"这个字眼总让人联想到相当久远的江户时代。

京都大学国语国文资料丛书中，有一本名叫《竹苞楼来翰集》。过去从事出版业且颇负盛名的佐佐木家常常收到当时的文人雅士所寄来的信件，现在仍保存在颇有年岁的旧书柜里。《竹苞楼来翰集》就是从这些信件中，选出值得公之于世的内容集结而成。翻开一看，映入眼帘的尽是富士谷御仗、木村蒹葭堂、藤谷干、赖春水 [1] 这些了不起的名字。对于我这个研究本国语言文字的人来说，就像看到宝藏一样，小心翼翼地连大气都不敢喘一下。

后来我更荣幸地受邀参观书店内部的样子，因为看了书店的构造，一直很好奇里头的住屋到底是什么模样。书店内的空间是由两旁的书柜及中间柜台所围出来的，主座的榻榻米差不多该换新了，却因为堆满太多书而动弹不得，不禁更让人想一窥究竟。当然，为了适应现代化的生活，房屋也经过部分改建，但大致上仍保留着旧有的建筑形式。就这样，穿过京都特有的穿庭，我受邀进屋参观 [2]。没想到屋里也尽是书，真是个了不得的地方。出了住屋再往里走，可以看到仓库坐落在小小的庭院中。最叫人吃惊的是，仓库的里里外外全都放满印书用的木刻版。木刻版堆成的小山，仿佛就是当年竹苞楼出版书籍的见证；堆置屋外的木刻版上早已长满了青苔，形成一幅奇特的景致。而"竹苞楼"现在依旧背负着文化传承的历史重担，继续经营着古书的买卖。

当然，孩提时代的我是无缘进入竹苞楼买东西的。父亲带我到寺町通散步时，每每只是在一般的旧书店买些童书给我。记得父亲只要一进到那暗暗的小店，最后总会有所斩获。这些旧书不能马上就翻开来看，要先晒过太阳消消毒（虽然也只是求个心安），才能满怀期待地细细品味。就这样，我的书架也慢慢摆满了父亲买给我的古本童书。虽说是童书，毕竟是在旧书店里买来的，因此少有

---

[1] 皆为日本江户时代中后期的知名学者。

[2] 江户时代京都街边商住一体的房屋被称为"町家"，连接临街房屋和后院住宅的中庭部分就是"穿庭"（通り庭），兼具通风和采光的作用，是町家这种建筑形式所特有的部分。

讲谈社等出版的现代读物，而以历史名著居多，例如《德列马克历险记》《爱丽斯梦游仙境》《秘密花园》《水孩子》《黑骏马》《小王子》，以及坪内逍遥戏曲全集的一部分 [1]。

光是把所有书名列出来，就可以整理出一个颇具规模的书柜，我的书柜就这样慢慢充实起来。即使生活在如此踏实、沉稳且安详的京都，寺町通仍是我们全家精神生活上的重要寄托，对父亲而言或许更是如此吧。父亲与不少书店颇有交情，诸如"若林春和堂"等。而其中堪称最大、最高级的名店，则非"丸善"莫属。

现在的丸善书店面朝河原町通，昔日却是在寺町通与三条通一带的麸屋町，面向三条通的北边。我们一家人不知因为什么缘故，隔三岔五就往那里跑。印象最深的就是店里的木头地板，走在上面总是"咔咔"作响。细长的店面除了书籍之外，进口杂货更是种类繁多，令人目不暇接。手提包、披肩等各式精美的商品，让当时还是孩子的我至今印象深刻。从前进口的外国货十分稀有，所以当时的"丸善"想必是最具规模的进口商了吧。

当然，那些高级的舶来品可不是我们这种小康人家买得起的，所以平常只能看看。不过"丸善"每年总有一次物美价廉的特价拍卖会，这时候我们会全家出动，趁便宜拣几样高级品回来。父亲对书籍颇有研究，在买书方面是"丸善"的老主顾了，对于那些高级的舶来品则是心有余而力不足，只有在特卖会才会买一些。"特卖会"这个名词在现代非常普遍，当时却是"丸善"专有的高级说法；只要是跟"特卖会"这个字眼有关的事物，总是伴随着一股难

---

[1] 坪内逍遥（1859—1935），日本小说家、戏剧家、文学评论家。他创作了诸多著名剧本，推动了当时日本的戏剧改革，同时也是日文版《莎士比亚全集》的译者。

以言喻的贵族气息。

后来第二次世界大战如火如荼地展开，特卖会根本就不可能继续举办了。不过在那之前，"丸善"的特卖会常受到那些有钱人家的光顾。我对那时买到的毛线衣印象十分深刻。那是一件夏天穿的短袖毛线衣，白色Ｖ领的设计给人清爽的感觉，粗针织法搭配上袖口、领口及下摆边缘红色与深蓝色绢丝装饰，是相当适合初夏时节的时髦服装。那时候我还在向日市的一间小学念书，依稀记得穿着这件毛衣去学校时，还被老师数落了一番：那种昂贵高级的穿着在当时是不被大家接受的。

前面提到过，母亲有一位十分擅长西洋裁剪的学生会做衣服给我，但也不好意思总是麻烦人家。加上那时我正值发育期，才小学五六年级，身形已经是大人了。母亲对于该给我穿些什么十分困扰，适合我年龄的衣服太小穿不下，大人的衣服够大却又显得老气。对于不善裁缝的母亲而言，那时我的穿着实在是个令人头痛的问题——相反的，"丸善"的特价拍卖会可就帮了她一个人忙。那件夏季毛线衫的样式中庸，小孩子穿起来不会很奇怪；略为宽松的尺寸让我长得多快也穿得下，真是一件物超所值的衣服。因此，在学校如果又被数落时，我就会露出困扰的表情，说这件衣服其实是大减价时买的，比起邻座大小姐身上朴素的深蓝色长袖，或是领口有蕾丝边装饰的上衣可便宜多了。毕竟这件毛线衣是我的宝贝，穿着它的时候多少有些炫耀的心态——除了质料高级之外，出自"丸善"的商品更让它显得高贵——这点我很清楚。那件毛线衣仿佛是一个入口，引领我走进一个深邃而遥远的世界。

寺町通如今仍然安在，尽管寺町丸太町一带的店家几乎都关门了，却仍残留着昔日的气息。梶井基次郎的作品《柠檬》据说就

新门前通上的住家，排列的方式相当潇洒。房屋的每个角落都可看出屋主细腻的心思（东山区新门前通西之町）

是以这附近的一家水果店为背景写成的。此外，这里还有诸如"箕中堂""芸草堂"等独具一格的和汉书店兼出版社，以及"南江堂"这种专卖医学书籍的店。无论是点心屋或是茶具店，都有着淳厚高雅的气质，与东边一路之隔（其间有两条左右较窄的道路）河原町通热闹繁华的景象大异其趣。这里与其说是落寞，倒不如说是一种落落大方的宁静。不论是贩卖茶叶的"一保堂"，还是批发纸张的"柿本"，无不洋溢着一股令人安心的沉稳气息。再往北前进，还有一家属于西国札所[1]之一的"革堂"[2]。

---

[1] 供人索取祈愿护符的佛教寺院。也接受信众还愿及僧侣游历诸札所而奉还的护符，西国三十三间，四国则为八十八间。

[2] 位于日本京都市的行愿寺，其开祖行圆上人生前喜穿革制衣物，故行愿寺又被信众称为"革堂"，现以西国观音灵场的第十九号札所而闻名。

　　（上图）堀川与今出川交会处附近的民宅。内部结构也很漂亮，远望如同复杂线条的组合（上京区东堀川通元誓愿寺上行途中）

　　我念过的京都府立第一女子高校就在革堂的隔壁，那时候经常会经过寺町通。如今还能走在充满中学回忆的这条路上，实在令人欣喜。一路走来，一种甜蜜又略带寂寥伤感的思绪涌上心头。

创造京都文化的居民生活百态

　　一生中会与怎样的人相遇永远无法预测。最近我常莫名地觉得，活到了这把年纪，认识新朋友的机会似乎越来越少了。不过值得欣慰的是，年纪越大却也越有机会认识一些有意思的人。

　　我就是在这样的机缘巧合下与广田长三郎先生相识的。多年前，我受邀出席一场演讲——说是演讲，其实也只是在一场乡土人偶[1]的同好会上讲几句话。虽然我确实很喜欢乡土人偶，但对它的背景却不太清楚。不过，从人偶研究论与民俗艺术论的角度切入，要准备演讲应该也不是难事，况且我也希望能从与会的专家身上获得一些知识，便硬着头皮答应了下来。

当时最早莅临会场的人就是广田先生，名片上的头衔是山科地区某制麻工厂的老板，是位风度翩翩的绅士。或许因为较年长且阅历丰富，广田先生给人一种很有教养的感觉。开场前我与广田先生聊了许多，觉得十分高兴。不久轮到我上台演讲，尽管心里明白台下的会员们对我所准备的内容不会太感兴趣，广田先生还是笑着告诉我："没关系，大家都还听得下去。"那个时候我为了引起话题，把跟着研究学会去九州岛宫崎时所买的劣质佐土原人偶[2]带到会场献丑。果然，有会员当下提起京都市面上所卖的佐土原人偶都是些仿冒品，粗制滥造也就算了，有的甚至丑陋到不堪入目。于是我便顺水推舟，发起了几个关于人偶的脸形、身形，以及怎样才算优秀作品的讨论话题，把时间交还给各位前辈们。交流时间结束后，还有令人兴奋的抽奖活动，由各位收藏家提供自己的藏品作为奖励。我虽然没有提供东西，却有幸抽到一个兔子形状的存钱筒，兔子耳朵的内侧是淡淡的红色，背后有存放零钱的孔。普通存钱筒存满后总是难逃被打破的命运，但这个兔子存钱筒却精美得让人绝对舍不得这样对待它。

所谓的佐土原人偶可能跟伏见人偶一样，是全日本诸多以出产地命名的人偶种类之一。至于我之前买的那个不甚精致的佐土原人

---

[1] 日本自江户时代始，庶民为装饰及祈求孩童平安而制作的陶偶，其风格简单质朴，表情生动。
[2] 日本九州岛宫崎县特产的乡土人偶。佐土原人偶以表情温和悠闲、衣着色彩鲜艳为特色。

广田长三郎先生的收藏品。超过一万件的乡土工艺品中，个个富有难以形容的独特美感，更蕴藏了无限惊喜（中京区新町通往三条通上行途中）

偶，就是民间故事里被人问道"你更喜欢父亲还是母亲？"时，立刻把手中的豆沙包掰成两半反问道："叔叔，那你觉得这两边哪边更甜？"[1] 那个反应快到有点让人吃不消的小男孩。因为做得有些粗糙，加上那个人小鬼大的男孩模样实在不怎么讨人喜欢，所以一直搁着没去理它。反观会场上那些难得一见的佐土原人偶，就格外显得可爱而不失质朴本色，不愧是真正的陶土人偶。

在那次聚会之后，我再度登门造访广田先生。广田先生的家位于中京区的中心，从新町与三条通交会处往北走，左边的宅子就是了。相较于我之前拜访过的各式豪宅，这里又是别具一番风格。当时我和广田先生及他温柔可爱的夫人聊了许多，是一次颇为难忘的经验。

"头家""乡绅"这两个名词，从日本江户时代起就被用来称呼那些地方上有头有脸的人物，而广田先生给人的感觉，活脱像是活跃在那个年代的人。他平常是总揽公司大权的严肃老板，私底下却是个非常注重兴趣与消遣的享乐家。老实说，我不是很喜欢"消遣"这个字眼，因为它往往让人莫名地联想到那些有钱人恣意妄为的嘴脸，还有那种不知人间疾苦的无所谓态度。也正因为这样，碰到"您平常都做什么消遣啊？"这种问题时，我通常不太想回答。

可惜的是，人类这种动物除了努力于换取衣食温饱外，总会被其他各种事物所吸引，很多人会在那些有趣的、美好的、令人愉悦的事物上注入满腔的热情与心血。广田先生也不例外。基于对乡土工艺品及古代砖瓦的热爱与不断钻研，现在的他已堪称个

---

[1] 作者所说的是伏见人偶作品中寓意深远的名作"吃包子"，造型为双手各拿着半个豆沙包的男孩模样。

中专家了。他的房间里摆着各种乡土工艺品，都是上佳的精品，那些泛滥在日本各个观光地区、粗制滥造的商品绝不能与其相提并论。广田先生的收藏品将近万件，每一件都有独特可爱与令人惊喜的设计。这个放满工艺品的房间真是个令人雀跃的神奇王国，让我非常的感动。

另外有一次，受邀前往广田先生参加的扶轮社[1]做简短访谈时，我十分幸运地获赠一个"人形砚"——那是京都爱宕一带的传统手工艺品，过去被作为当地纪念品贩卖。收到这样的礼物，真是高兴得不得了。爱宕地区原本以出产磨刀石闻名，而这种石头也颇适合拿来制砚。"人形砚"十分精致小巧，不似一般砚台那么沉重，墨池的周围则雕刻了各种人物。广田先生送给我的就是做成天神[2]形状的人形砚。

其实我手边也有几个不错的砚台，有虽称不上顶级货色，但也相当不错的端砚，以及日本土佐地方出产的砚台。据送我砚台的朋友说，土佐地方生产的石头，质量可是日本第一，因此我便小心翼翼地珍藏着这个砚台。而在这么多的砚台中，我最钟爱的还是那只爱宕的人形砚。

广田先生不仅是一位收藏家，还是一位博学多闻的研究者。尽管我自己对许多领域都略有涉猎，但在很多方面却仍得向他请教。例如广田先生对于古代砖瓦的专业知识丰富到足以写成论文，而且他也一直在研究几个该领域中颇值得探讨的问题。

---

[1]　扶轮社（Rotary Club）是由保罗·哈里斯在 1905 年 2 月 23 日创立的地区性社会团体，以增进职业交流及提供社会服务为宗旨，鼓励崇高的职业道德，并致力于世界亲善及和平。
[2]　即菅原道真。原为日本平安时代著名的学者、政治家，死后被供奉为智慧与学问之神。

此外，广田家的建筑亦让我为之倾心。一层一层向内处延伸的格局，最后将我们这些外来的访客引领至铺满榻榻米的起居间。这个专门接待客人的起居间独立于房屋主体之外，据说广田家的人称之为"离岛"[1]。广田家的宅邸是在昭和天皇即位典礼（1926年）时兴建的。当年那场即位典礼对京都人来说，实在是一场梦魇。大批人潮涌进京都，旅馆更是一屋难求。幸好京都士绅们的家宅都颇宽敞且多有空屋，于是便各自肩负起接待重要宾客的任务。当然广田家也不例外，负责接待当时的关东军司令。广田先生说，那时他们就是在这个起居间谈论着张作霖的种种。在那个年代，新天皇即位并未能振奋人心，整个日本义无反顾地朝着长久以来的不安与黑暗深渊走去，到处充斥着争权夺势、钩心斗角的流言蜚语。

幸运的是，广田一家安然度过了如此动荡的岁月。

几次的访谈中，我也从广田先生那儿听到许多或有趣，或落寞的往事。像是在京都重要祭典之一的祇园祭时，竟然忘了要把𫓧町的神舆卖到什么地方；从前的风俗习惯以及设计体贴的商品，都随着时间渐渐消逝……每次说到这里，他的脸上便会倏然露出忧心忡忡的神色。广田先生是个博学多闻的人，而丰富的学识也影响到他的人生观与社会观。他似乎也因此而有许多卓越的想法，能让京都的未来变得更美好。例如着手改善嵯峨野逐渐沦为三流观光区的状况，这个想法我就十分赞同。此外，我们也谈到了嵯峨面具[2]的未来。

除此之外，我还发现了一件有趣的事。当时因正好有事想请教

---

[1] 离岛本意指的是远离主体的岛屿。日本把除北海道、本州、四国、九州之外的岛屿称作离岛，其中最大的群岛是琉球群岛，最大岛是冲绳岛。

[2] 京都嵯峨释迦堂清凉寺内，每年均会固定演出著名的大念佛狂言，嵯峨面具即为该演出的重要道具，由和纸制成，有猿猴、鬼、观音、老者等二十种传统造型，有趋吉避凶的作用。

广田夫人，不巧她却离席了。结果广田先生竟然拍了拍手，唤道："老太婆啊……"

我听到这称呼几乎为之哑然。没想到这种只有在古装历史剧里才会出现的台词，竟然活生生地在广田家出现。真不愧是广田家的人，连生活、相处方式都与我们这种普通人家截然不同。这幢宅邸虽然建于昭和时代初期，却又没那么老旧；若说它是新式的家宅，偏偏又洋溢着怀旧风格。尽管未经特别保存，这间使用上好木材，扎实稳固地盖在地基上的家宅依旧稳若泰山。几处吊挂着的灯笼，展现出极致的豪华气派；随处可见的细腻巧思，更流露出高雅的品位。暖暖含光却一点也不刺眼，这就是广田家的气质所在。我有幸通过此地感受到这个世代的京都人所累积下的文化内涵。

据说广田家原本是近江地方人士，不过那已是好几代以前江户时代的故事了。京都里住着许多像这样从各地迁来的人，他们也同样创造了京都文化。

有趣的是，广田家与河井宽次郎家也有着深厚的交情。广田家里所用的茶具与陶器跟我们家的一样，是宽次郎先生送的，这或许是冥冥之中的某种缘分吧。接下来，就让我继续前往位于五条的河井家旧址一探究竟吧。

河井宽次郎宅邸的民间工艺家们

我常在想，这个我从小到大就常出入其间、集众家内涵于一身的宅邸，说不定会在某一天突然销声匿迹，就此沉没于历史的洪流之中，这会是多么的寂寞啊。或许也不会那么凄惨，只是变得像

《故乡的残破家园》[1] 的歌词所描述的那般萧条。又或者往好的方向发展，这栋宅邸会坚韧地扎根于大地，经过许多人灌注各种能量而慢慢成长，这将是多么令人欣喜的事啊。

幸运的是，位于五条坂的河井宽次郎宅邸现在已改建为纪念馆了。对许许多多的人来说，这里俨然成为他们放松心情的重要场所——一个让他们愿意倾注心力经营的"家"。

而我也是造访此地的常客，一个人前来，或是偕同三五好友一起来访。每每想到那些已经离开我们的人，或是怀着回忆、至今仍努力不懈的人们，我都感慨万千。

现在五条坂上的河井宽次郎纪念馆，还保留着以烧陶起家、擅长制作各种手工艺品，并留下许多至理名言的主人生前所居住的模样。至于那代表着"诚实"，并完全保留日本传统民宅优点的建筑，则是宽次郎先生在他后半段的岁月里加以改建而成的。其实之前那个兼作工作室的家宅就具有主人强烈的个人风格，并充分流露出一股独特的气息。小时候跟着父母第一次前来拜访时，我看到的就是这个时期的河井家。我们寿岳家与河井家的友谊就是建立在这种家族关系上的。父亲以前不过是一介穷书生，不但没有鉴赏工艺品的眼光，对餐具也不太讲究。但他在跟柳宗悦先生一起出版制作文艺杂志《布莱克与惠特曼》时，便已深受柳先生的美学观影响。父亲就像是未经烧制的陶坯，经过窑火高温考验后，得以脱胎换骨。

---

[1] 日本战时传唱的儿歌，由日本教育家犬童球溪（1879—1943）从美国民歌 *My Dear Old Sunny Home* 改编而成，弘一大师李叔同亦参考其歌词创作《忆儿时》，大意相似："春去秋来，岁月如流，游子伤漂泊。回忆儿时，家居嬉戏，光景宛如昨……儿时欢乐，斯乐不可作。"

然而，那些曾围坐在河井家地炉旁的都是些什么人呢？答案是，一大群不分国籍、男女、老幼的人。他们在此谈论着美好而令人感动的事物，话题从不曾间断。严格说来，这里就像间高级沙龙，民间交流活动在这里开花结果。记得以前常去玩的不只有我们家的小孩，有时候，弟弟跟其他小朋友也会被叫去玩手拉坯。

　　聚集在河井家的人常可品尝到河井夫人亲手烹调的料理。即使客人众多，她还是每天亲自下厨款待大家。有机会进厨房忙一回，就能体会身为名人的妻子是多么辛苦。不过河井夫人看起来依然神采奕奕，从来没听到她有所抱怨。她总是用明快爽朗的声音招呼着大家，没有丝毫不满的神色。有不少人是因为爽朗大方的夫人而慕名前来，而其中几位后来也成了我们家的常客。

　　除了柳宗悦夫妇之外，还有来自益子的滨田庄司先生，以及跟他熟稔的英国陶艺家伯纳德·里奇 [1]，擅长染织的芹泽銈介、木雕家黑田辰秋等人。如今回想起来，就像是读着一本伟大的名人录。河井家也常有些年轻的美国人前来学习陶艺，因为彼此都认识，所以后来他们也会来我们家拜访。记得有一次，双亲不在家，又正好碰到完全不懂日文的杰弗逊先生来访，我真的是当场傻眼，东拼西凑地硬挤出几句英文才勉强应付过去。

　　我从对传统民俗工艺一无所知，到开始接触、研究，或许是受到身在民间工艺世界的双亲影响吧。什么样的食物要用什么样的器皿盛装，要摆在什么样的餐桌上……日常生活的每一件事物都是极其讲究的。虽然不算富有，但因为这些大师们常常送来自己的作品，所以我

---

[1] Bernard Leach，英国陶艺家。与柳、河井、滨田三人过从甚密，作品融合东洋陶瓷与英国传统，间接对美国现代艺术产生深远影响。

们家的餐桌上仍摆满许许多多的好东西。特别是河井先生每年都会以作品相赠，摆在桌上就像他的历年作品展一样。后来河井家的人到我们家做客时，都感到十分惊讶："哎呀，这里竟然有我们家父亲大人那么早期的作品啊！真令人怀念，我们家都已经找不到了呢。"

关东大地震之后，柳宗悦先生也偕同夫人前来京都待了一阵子，参与不少活动。对京都人而言，这是件值得高兴的事。因为父母亲跟柳先生相识的缘故，连我也跟着沾光不少。

"这是柳先生送给我们的。"我们家常会跟来访客人做这样的介绍。会客室里的椅子是房子新建时柳先生请京都某间家具行按照他的设计所制作，历经五十几年的岁月依然坚固如昔。由于是仿英国温莎式餐桌椅的设计，除了选用榉木制作之外，接合的地方也特别用心，尽管完全是木制的，也不见有任何松散动摇。母亲还特别选用民间工艺风格的布料来缝制坐垫与它搭配。

小时候我总是羡慕别人家的沙发坐起来又软又舒服，坐久了背也不会痛。我和弟弟经常抱怨说："我们家的椅子是恶魔椅子！"现在回想起来，倒觉得这种椅子才更要好好珍惜。每次在大型垃圾丢弃日看到那些设计平庸的三件式沙发组被弃置在路边，就更觉得家里的椅子坚固耐用，让我这辈子都不用为了买新的而烦心。如果有人想要给新家添置座椅，我绝对会推荐坚固耐用、一辈子都不需再更换的木制座椅。尽管如此，还是有许多人的心态跟我童年时一样，喜欢买皮面或布面的沙发。

家里还有一个1月时放在木地板上的特大信乐[1]花瓶。这个高约50厘米、表面上了绿色彩釉的花瓶是过年时的摆饰，里面插着叶

---

[1] 信乐烧是日本滋贺县甲贺郡西南地方所产的陶艺品，以朴实之美与茶道精神深受茶道爱好者好评。

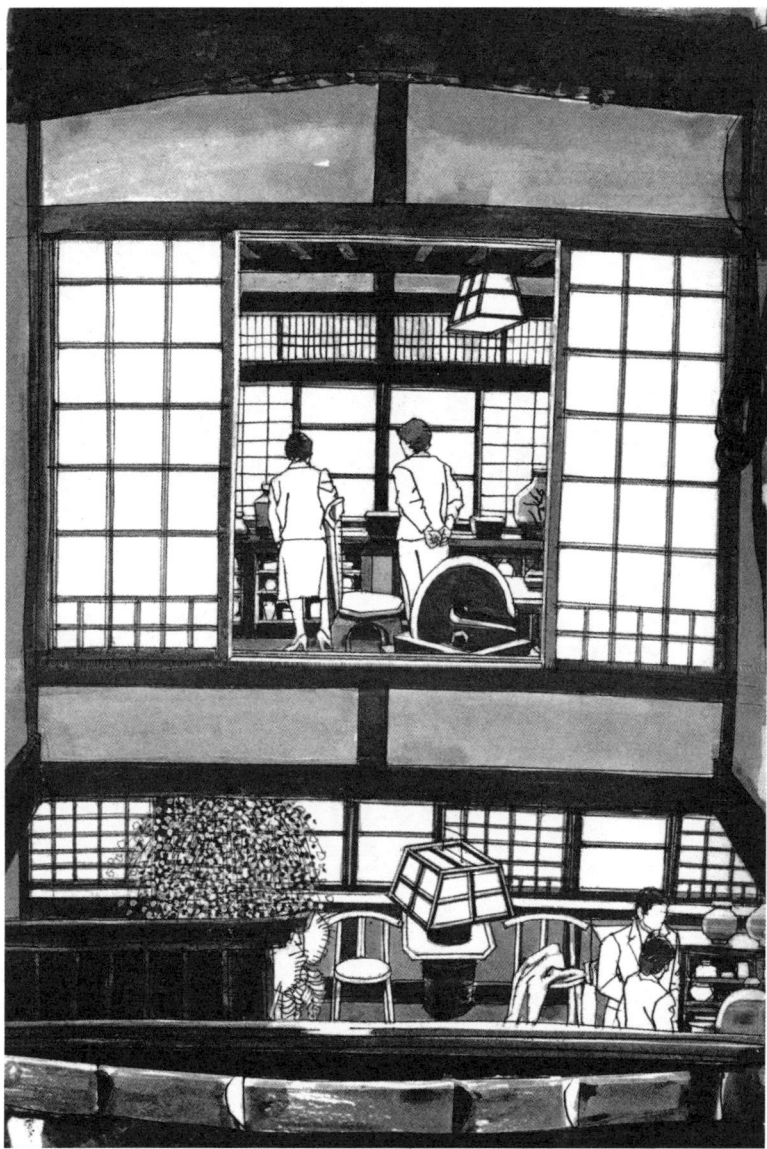

位于五条坂的河井宽次郎纪念馆，这里是在京都的
文艺史上扮演着重要角色的民间工艺中心

河井宽次郎纪念馆的土窑，陶冶出伟大的民间工艺
精神。人们不分国籍、男女、老幼，都曾在此围绕
在河井先生身边，谈论着美好而令人感动的事物，
话题从不曾间断

牡丹或南天竹。此外，除了几个吃荞麦凉面时盛装酱油的小杯、仿伊万里风格的盘子，大部分陶器破的破、坏的坏，已经所剩无几了。

柳先生对于美好的东西绝不吝于称赞，反之对于奇形怪状的摆设，他也经常不管主人是不是在场，劈头就骂道："这是什么摆设啊！"母亲常常笑着告诉我们，柳先生又得罪哪里的邻居了。

眼睛不好的大舅岩桥武夫出国旅游时，带回来一个门铃送我们，后来被装在现在向日家宅玄关旁的柱子上。圆形的响铃取代了原有电铃，引来众人议论纷纷。柳先生看到之后却称赞道："这玩意儿真不错！"父母亲听了，也很高兴地告诉孩子们："柳先生可是赞赏过这个门铃呢。"这件事我记得相当清楚，也对这些受到柳先生肯定的东西特别珍惜。

几十年的岁月中，不知有多少人曾经造访过我们家。在这些络绎不绝的访客或家族的亲友中，有不少人对京都有重大的影响。人与人之间留存着长久的交情，在老友们逐渐凋零时，总会感到莫名的惆怅与哀愁；而那曾有过的欢笑与温暖人情，总是引人无限怀念与向往。

与我家渊源深厚的新村出教授

整理东西时，我意外地发现了一张明信片。"啊，是老师寄来的明信片，没想到还留着……"我一边喃喃自语，一边看了起来。

今早收到你寄来的明信片，非常感谢。附上彩色风景画一张，是我颇欣赏的透纳所绘。再者，邻居的一位老妇人近日来访，提及前天（三日）晚间九点左右聆听

京都市街的各个角落里，遍布着五千多尊地藏菩萨。路旁、乡里间随处可见独立于大寺院之外的小小地藏庵，凝聚了居民的信仰，也呈现出京都居民虔诚而真实的一面

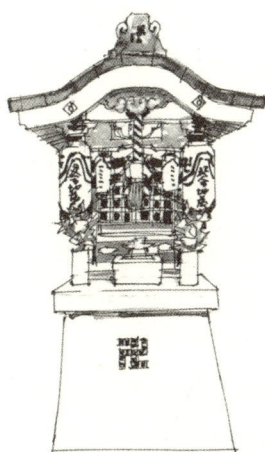

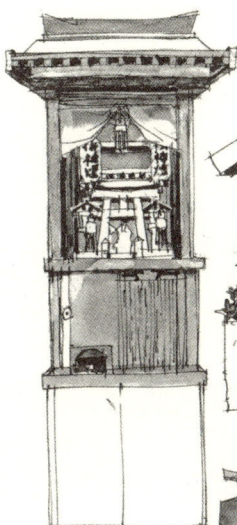

章子你与矢内原先生、凯利先生三人的广播对谈，内容十分精彩。我因一时疏忽而忘记此事，实在抱歉；至今仍觉得十分可惜。两人（老人）懊恼之余端此。

一九五四年六月五日笔

实在太令人怀念了！毕竟这是新村出教授在33年前寄给我的。正如明信片上清楚写着的，明信片的背面是透纳的画作，正面则洋洋洒洒用毛笔写满了文字，而且还特地放进信封寄给我。

记得那个时候，教授夫人依然健在，尽管后来她比教授先离开了人世。

明信片上提到的广播对谈说的是当时在京都教育界掀起轩然大波的旭之丘中学事件。起因是有些教师组织主张将民主主义教育列入教育基本法，并且也在中学的教学活动中实践这个理念。针对这种教育方式，学校的育友会（由家长与老师组成的委员会）与其他势力形成了两派看法。后来，双方开始为了一些无关紧要的小事争执不断，终致演变成一场上对下的大骚动。虽然此事跟我并没有直接关系，但我由衷希望这场教育界的骚动能早日平息。因此矢内原伊作先生、同志社的奥迪斯·凯利先生跟我才会举办这场座谈会。

我们对谈的内容，主要是将两方意见做了较具体的讨论。矢内原先生和我认为教师们大可不必为了立即实现民主主义教学而如此激烈，可以将眼光放远，静观其变；凯利先生则倾向于采取速战速决的做法，当行则行。

然而，究竟哪一种做法比较好并不重要，重点是父亲与我两代人都有幸得以结识新村出教授。

身为语言学家，新村出教授让伟大的国学大师本居宣长[1]所阐扬的日本国语学，在明治时期之后更为发扬光大。这位在日本的语言史占有一席之地的大师级人物并非土生土长的京都人，而是出生于静冈。他之所以到京都，并长期在京都大学文学院开设语言学课程，留给后世许多做学问的典范，或许真的是某种缘分吧。

1946年（昭和二十一年）9月我自东北帝大毕业后，便进入京都大学内旧制的研究所就读，希望多少能补救因战争的兵荒马乱而草草结束的大学课程。过去大学往往会以"因为是女性"这个无甚意义却又绝对的理由拒绝女孩子入学。现在我总算能够进入研究所，学习各种知识。而在战争结束前成立的国语学会[2]也在步入太平年代后得以蓬勃发展。以名誉教授的名义前来授课的新村出教授便是在此机缘之下，开始出席京都大学主办的学会以及其他研讨会，指导并鼓励许多年轻学者从事研究。

现在回想起来，那真是个美好而辉煌的时代。尽管当时物资尚不算充裕，研究会所能提供的餐点除了"鹿仙贝"那种又粗又难以下咽的煎饼之外，再没有其他东西，更别说是可口的饮料了。不过，至少已经不用再征召学生上战场，也没有搬运军需的义务劳动，更看不到四处耀武扬威的军人了。

当时在京都大学的校园里，可以看到许多复学士兵的身影。他们穿着拆掉肩章的军服、军靴，或是背着军用背包来上学。这些人当中，有的甚至曾在德国的波茨坦当过中尉或少尉，如今得

---

[1] 1730—1801年，日本复古主义学者的代表，江户时代的思想家、语言学家。崇尚以"神道"为代表的原始的日本文化精神，极力反对儒家思想，提倡清除中华文化对日本文化的影响。

[2] 1944年成立，以研究日本语及促进日文研究人员的交流为宗旨，发行会刊《国语学》。

新村出纪念馆的书斋。来到此地总让人忆起许多构
筑了语言学世界的大师级人物（北区小山中沟町）

以遣散回归校园，不必再提心吊胆地活在战场上，感觉是多么轻松安心呢。可惜好景不长，随之而来的种种党派问题以及清共行动[1]，使得大小事件接二连三发生。京都大学也上演了所谓的"京大事件"[2]。

不过，对我们这个年代的人来说，那仿佛拨云见日的瞬间所带来的自由与希望，是让人永难忘怀的。

新村出教授就是在这样的时期带着满脸笑容来到我们学校。他的博学一如传闻，令莘莘学子满怀期待。记得某堂专题研究课程中，有人在上台报告时立下豪言壮语，表示做学问就是要不断超越前人；有机会见到如此优秀且自信满满的年轻研究生，想必教授也感到十分欣慰吧。

我第一次见到新村出教授并不是在战后的京大校园。小时候，我曾跟着父母亲前去教授家拜访；后来决定朝语言学方面研究之后，正好又碰到父亲要去找教授，我说什么也要跟着去。加上后来终于考上东北帝国大学（第二次世界大战前，女孩子想考进旧制的帝国大学真的比登天还难。尤其在录取门槛把关得十分严格的九州岛大学与东北大学，入学考试之难更是令人咋舌。英文、日文、中文、日本史、世界史、经济、法律、心理、逻辑，虽说都是容易准备的文科，但对于从未在所谓旧制高中接受过教育的女孩子而言，独力自修这几门科目不论如何都是颇重的负担），尽管大学生活是在战争中度过，但每次休假返回京都，我一定会到教授家中造访，

---

[1] Red Purge。1950 年，被美军操控的日本政府与企业，大规模强制解雇日本共产党员及亲共分子。

[2] 1933 年，京都大学法律系教授因撰写偏共产主义思想的书籍被当局强制罢免，京都大学的教授和学生群起抗争，遭到政府的镇压。

当面请教他许多问题。

刚接到东北帝大的录取消息时，我高兴得不得了，立刻飞奔到教授家报告这个好消息。教授知道之后固然高兴，却告诉我一件当时难以想象的事。

"唉，在这种动荡不安的时局下，跑去仙台那么远的地方念书很不容易啊。只是有件事情让我觉得很不好意思。就是当初我待在文学院时，厨川白村曾在教学委员会中提议接受女性学生入学。虽然当时赞成与反对意见不一，这个提议却因为我关键的一票而遭到否决。早知道你现在为了读大学而跑到那么远的地方去，我当初就该赞成的。"

这是在我出生前没多久的事。而厨川白村先生其实也没有在京都大学待多久，大正十二年关东大地震，他便在镰仓不幸过世了。

不会吧？我依稀记得一种强烈的震撼，可惜当时被考上东北帝大的喜悦冲昏了头，未能像现在这样去深思教授的一番话。

这几十年来，我开始认真地思考女性史的问题，也在东北大学看到 1913 年（大正二年）他们决定招收女性学生，获录取的三名女生正准备入学时文部省（教育部）寄来表示反对的信件。这些事让我重新思考当年教授透露给我的那番话。当时教授为了反对招收女学生的事，由衷地对我表示歉意。而对我来说，教授肯告诉我这件事，就已经让我心满意足了，没想到他竟然还向我道歉，让我不知该说什么才好。至少我知道原来在京都大学文学院的教学委员会中，曾经为了是否该接受女生入学一事进行过讨论；从觉得完全没有希望到发现一线曙光，这已经很值得感谢了。

我写信给新村出教授的频率很高，不过跟父亲比起来并不算什么。现在那栋教授曾经住过、我们过去曾前往拜访的房舍，已属于新村出纪念基金会所有。教授悉心保存下来的信件书札原封不动地由基金会接管，经过详细分类整理后一目了然地陈列在那里。

父亲从刚进京都大学的时候起，就跟教授建立起一种超越师生情谊的友谊了。奇妙的是，教授与父亲在年龄上相差两轮，而父亲跟我也正好相差两轮，所以我们三人的生肖都是鼠。父亲之所以对和纸艺术特别关注，原因之一是之前提到的柳宗悦先生，另一位影响他的就是新村出教授。柳先生的着眼点在于和纸是一门优秀的民俗艺术；新村出教授关注的则是和纸在文化史上所代表的深远意义。父亲曾是和纸研究会的一员，新村出教授当时也参加了这个研究会，好几次跟父亲一同前往考察和纸的制作过程。

我收到过不少教授写来的书信。内容大部分穿插着简短和歌，精致且饶富趣味；有时候也会指点一些学问上的迷津。想到从小到大鲜少碰到几个能像教授这样照顾我的人，感激之情便不禁油然而生。

其他造访过新村出教授家的女性，就只有与我同年，且给人深刻印象的天才女演员——高峰秀子小姐了。不过她拜访的目的与方式和我不同就是了。教授晚年时，我前去拜访，看到墙壁上的国际宣传海报上"小秀"满脸笑嘻嘻的，突然有种不太谐调的感觉。

教授过世后，我觉得不该把之前的书信继续占为己有，因此全部捐赠给基金会处理，希望能让更多人受惠。而那张偶然发现的明信片，只是意料之外残存的只字片纸。或许是神的旨意，让我得以保留这张明信片吧。我该好好珍惜它才是。

即便到了现在，我还是能够经常造访从前的新村出家。因为刚好新村基金会有意请我担任理事一职，也让我有理由光明正大地登门拜访。那曾经因为放满太多书而几乎要倾斜的老宅，经过一番整修后变得富丽高雅。原来的新村老宅，听说只是把位于鸭川边的木户孝允[1]旧宅拆掉后，原封不动地搬到北区的小山附近。木户与新村，两家的主人都是明治时期了不起的人物。新村出教授健康长寿地活到战后，直到生命最后一刻，他都坚持贯彻一个学者应尽的责任。

正气凛然却又温柔细心，明辨是非而眼界宽广；多少学问之所以能开花结果，都是源自新村出教授打下的稳固根基。而我们一家父女两代，也深深蒙受教授的影响。

新村出教授特别钟爱连翘花，经常到我们位于向日市的家附近欣赏美丽的连翘花丛。这时候母亲总会准备简单的餐点款待教授。当他尝到软嫩爽口的食物而连声称赞时，连我们都觉得很幸福。

记得有一年阳光稍强的春末 5 月时节，教授来家里做客，临别时我替他撑起洋伞，他却说："不好吧，这样很难为情的。"

当时看到教授脸红的样子，大家都笑翻了。后来他在寄给我的明信片上，就写了一首提及"洋伞"的短歌。

这就是我们一家的精神生活。正因如此，新村出先生也是我们家的重要精神支柱。生活中总有着一些些美好，一些些令人肃然起敬的地方。尽管上一辈的人渐渐凋零，我也慢慢年华老去，回忆往日的一切，仍旧像翻阅古色古香的长篇绘卷一般，令人回味无穷。

---

[1] 1833—1877 年，本名桂小五郎，日本幕府时代末期的政治家。支持倒幕运动，草拟维新政府的中心政策《五条御誓文》，并促成大政奉还（1867 年幕府把政权还给天皇）与废藩制宪。

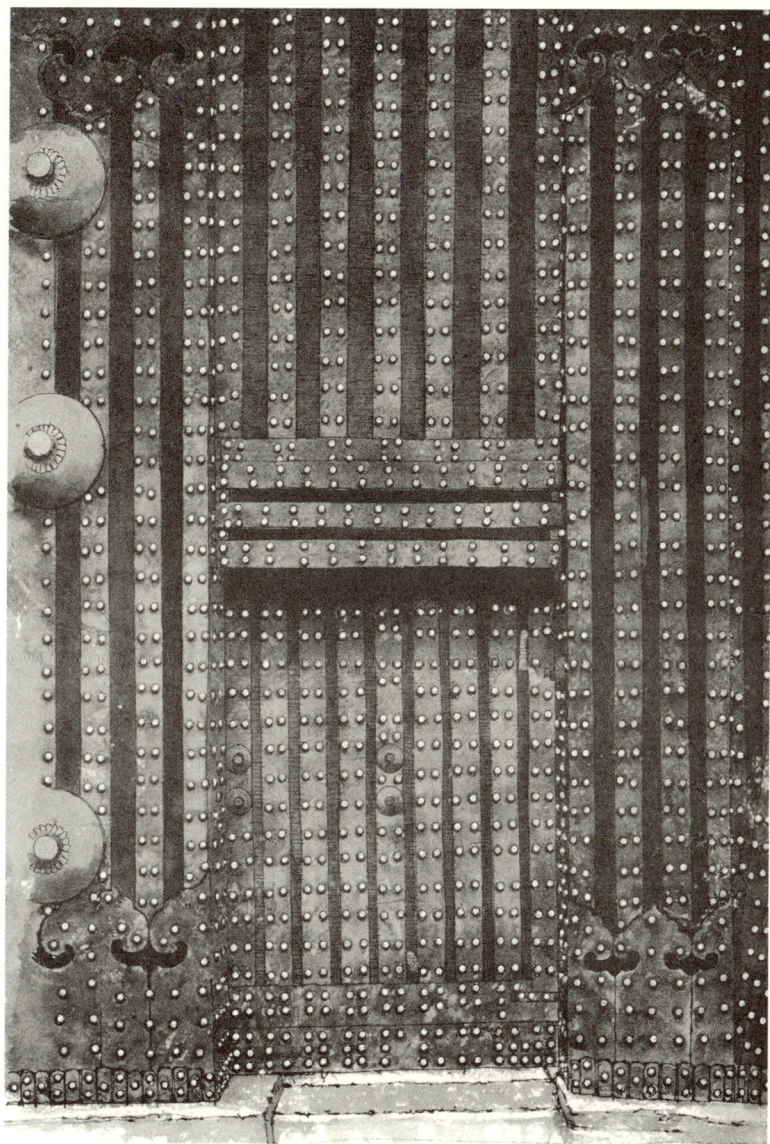

二条城东侧的大手门。城门上的装饰尽显
武士威严，质感厚重的突起无论在造型或
结构上都显得完美无缺

后记：取材日记

为了绘制插图与地图，我亲身走访岁暮的京都，考察这些地方的确实地点。

12 月 18 日

沿着三条通往西行，经过了乌丸丸太町走到乌丸通，这一带有许多明治时代颇具代表性的华美洋楼。京都在率先接受所谓文明开化之后，以一贯的积极进取态度将现代主义融合在沉稳的历史文化之中，丰富多变的样貌至今依然深刻而鲜明。

说起我喜欢的建筑物，除了书中的插图以外，还有平安博物馆、平安女学院、圣依搦斯（St.Agnes）教会、ASUKA、第一劝业银行京都支行以及北国银行等。

还有西本愿寺传道院（西本愿寺前）、南禅寺的水路阁（疏水桥）、京都净水场（蹴上地区）、京都饭店晚宴厅（河原町御池）、长乐馆西餐厅（圆山公园）、京都国立博物馆（东山七条）等。除此之外，尚有许多数不尽的西式私人住宅和建筑。

12 月 19 日

从御池町出发经过木屋町往南边走了走。这里东侧的人家因为背对鸭川，所以正面入口处大多有露天庭园。不过每家的建筑形式仍然不太一样。幕府末年以来，许多传说中寓所的旧址纷纷空了下来，如今多数已改建成沉稳静谧的日本料理店或旅馆了。

诸如旅馆"几松"（桂小五郎寓所旧址）、料理旅馆"津四楼"（佐久间象山寓所旧址）、料亭"金茶寮"（武市半平太郎寓所旧址）、"丸木"（吉村寅太郎寓所旧址）等，都是如此演变而来。

再看西侧，从御池通的北边起，过去加贺、长州、彦根、土佐各个藩属的屋舍鳞次栉比，幕府时代末期更上演过无数的血腥事件，尽管如此，现在这一带俨然成为热闹的饮食街。

从木屋町出发南行，经过松原桥往东前进。宫川通上的一切永远是如此引人入胜且充满惊喜。随着日光照射角度的不同，质感厚重的破风[1] 与纤细的窗棂格子在庭院中映出斑斓的光影。

惠比寿神社里，各色贴纸的鲜艳色彩映入眼中，上面写着"十日惠比寿。八日、九日宵戎。十一、十二日残福。商贾繁昌、家内安全"[2] 等字眼。荞麦面店前贴着"年夜荞麦面接受预定"的广告；收费澡堂外也贴着"二十二日特别提供香柚浴"的告示。

大和大道上车水马龙挤得水泄不通。好不容易走出四条通，看到南座的招牌被装饰得格外鲜艳亮丽。真不愧是华丽京都的12月岁暮风情。

12月20日

从四条通出发，到绳手通、门前通、花见小路几条路逛了一

---

[1] 屋顶主轴两端为合掌形的屋顶装饰。
[2] 即生意兴隆、合家平安之意。

圈，再从锦市场走到绫小路通，朝松原通往北野的方向前进。然后从北野天满宫继续信步前往上七轩、西阵、乌丸今出川一带。

今年 2 月的节分会 [1] 我也去祭拜过菅原天神。前一天下的雪让一朵朵提前绽放的樱花被冰雪包围，在温暖的冬阳下显得晶莹剔透。其中我特别喜欢最早绽放的淡黄色樱花。当其他地方的樱花仍含苞待放时，这儿已洋溢着春天的气息了。

京都的樱花处处皆美，难分轩轾，其中最负盛名的就是沿着植物园而建，贺茂川长堤上一整排的枝垂樱；平安神宫神苑外的枝垂樱，以及同一个池畔唯一一株开着浅黄色花朵（不知道算不算是御衣黄的一种）的樱花树。仁和寺御室 [2] 里那株开艳黄色花朵的樱树，颜色就与它有些接近，透着一股沉着而高贵的气质。不过最让人倾心的还是在那不为人知的山野中默默绽放的樱花吧。

至于最让我难以忘怀的，还是南禅寺境内北边草丛中盛开的一丛丛彼岸花。前几天在奈良的山边小径，看到了六地藏石像周围一片燃烧的花海，仿佛象征着那些不论来自何方，最后都将长伴佛祖身旁的世间万物。

12 月 21 日

逛完东寺附近的大街小巷，最后走进南大门。这一天恰好是"终弘法市集"。看看周围汽车的车牌，发现很多都是由兵库、奈良、大阪、滋贺等邻近县市过来的。宽广的东寺境内挤满了摊贩与人潮。

---

[1] 节分指立春、立夏、立秋、立冬的前一天，尤指立春前一天。节分会活动中会撒豆子以驱赶恶鬼，保佑平安。

[2] 宇多天皇于仁和四年（888）建成的寺庙，取其年号称为仁和寺。由于前后共有三十代的皇族担任住持，因此又叫作"御室"。仁和寺以御室樱闻名，其花期为全京都最晚。

这一带有许多奇奇怪怪的店家，更奇怪的是他们竟都性质迥异。预防心肌梗死用的神奇棒（根据标签上的说明，垫在脖子下睡觉或是夹在两手间搓动，效果特别显著）、竹轮烧（用回转式的机器边转边烤）、标榜用大口锅加进花椒文火慢卤的佃煮[1]店，论升拍卖的炒银杏、中国风筝（还实地表演，让那些布制的鸟、蝴蝶、金鱼、蜻蜓飞舞在空中）。还有少数将抹茶茶碗排放在红色地毯上的传统老店，卖专治香港脚的分指袜、护腕布（袖套）等杂货的店家，还有爱知县产的牵丝莲藕（新鲜得还沾着泥土），假发店（一群中年女士围在那儿忙着试戴），土佐的山菜，女性用的务农工作头巾、杆弟用的头巾、防空头巾，刀具（颇有气势的老板不知道为什么拿着菜刀，摆起架势凶狠地剁着厚厚的砧板），1月用的挂轴，贴身内衣堆起的小山（大大写着"女性衬裤"字样的吊挂广告牌，一点儿也不害臊地迎着阵阵骤然吹起的强风不停旋转着），天佑灵草大师艾（为了招揽来客而实地表演起艾灸疗法，想试灸的人还得排队），专门卖曲尺、鲸尺等丈量道具的，招财木（厚叶植物的一种）等。在店家与客人之间那种不输给漫才[2]演员的高分贝讨价还价声中散步、闲逛、吃东西、买东西、偶尔走进寺中参拜神佛……今日之行让我见识到、也体验到传说中悠闲自得的京都生活，以及穿梭在文化古都中善男信女的众生态。

为了完成本书所做的京都之行在此要告一段落了。算起来我在京都也摸爬滚打了不少年。在参与此书而来京都考察的三年中，承

---

[1] 用酱油、味醂、酒、糖等卤煮而成的一种日式料理，因发源于江户前水产据点之一的佃岛而得名。

[2] 日本曲艺的一种，类似相声表演，兴起于关西。两人一组以滑稽逗趣的问答为主的传统艺术形式。

蒙寿岳女士带着我走访大街小巷，并介绍了许多朋友给我认识，让我有机会一窥外人所不知的京都生活风貌。对我而言，京都人日常生活的内涵与形式真是魅力无穷，却也令人难以捉摸。

最后，衷心感谢接受我采访的人们，以及促成这本书出版的各位。

泽田重隆

1987 年 12 月 26 日